KB071253

14개국 여행에세이

문
밖
의

계
절

서현지 지음

문학공감

문밖의 계절

서현지 지음

여행에서의 기억은 현재의 삶을 캐리한다.
나는 글도 쓰고 사진도 찍는 여행 작가로 산다.
이 열여덟 편의 글은 그곳에서 보낸 시간들이
헛되지 않았음을 증명하는 기록이다.
떠나지 못하는 나날
그곳에 대한 기억
나의 수고에 못 이기는 척 떠난
곳곳에서의 이야기를 담았다.

목
차

첫 여행은 열아홉

어디를 처음 여행했냐는 질문을 종종 받는다. 그러면 인도라고 말한다. 스마트폰도 없던 시절, 그 불완전한 여행에 대해 사람들은 무럭 관심을 갖는다. 경이로운 표정을 짓거나 별것 아닌 멘트를 노트에 열심히 받아 적는 식으로. 50만 원으로 한 달을 여행한 얘기, 너무 아낀 나머지 오히려 돈이 남았다는 말에는 거의 눈을 반짝인다.

"우와. 대단해요."

이런 반응은 좀 간지럽지만 그래도 나는 말을 한다. 두 시간 동안 계속, 여행 이야기를 들려주는 건 나의 업무 중 하나고, 가장 좋아하는 일이다.

아무래도 강연에서는 국내보다 해외 쪽이 잘 먹힌다.

흔하지 않은 나라일수록 좋고, 돈을 적게 썼거나 왕창 썼거나 죽도록 고생했거나 사랑에 빠진 이야기를 들려주면 거의 성공이다.

저 워킹홀리데이 가서 천만 원 모았어요.

잘생긴 남자요? 아묻따 러시아 남자죠.

인도에서는 커플 되기 참 쉬워요.

그만큼 헤어지기도 쉽다는 게 문제지만.

이런 류의 에피소드는 듣는 사람뿐 아니라 말하는 나에게
도 특별한 순간일 때가 많다. 사랑에 빠지고, 울고, 돈을 쓰
고, 죽음과 가까워졌던 일들. 때문에 이야기를 왕창 쏟아낸
날에는 잠드는 순간까지 정신이 세계 어디를 떠돈다. 캐나
다 횡단 열차로, 뉴델리 빈민가로, 잘생긴 영국인과 이성적
텐션을 힘껏 높이며 노닥거렸던 라오스로. 그러는 동안 떠
오르는 냄새나 소리나 정서를 복기하는 동안 나는 잠시나마
행복해진다. 역시 여행이란 건 가성비가 좋다.

 최근 대구에 있는 중학교로 강연을 다녀왔다.
 한 학생이 질문했다.
 "맨 처음에 간 여행은 언제였어요?"
 즉각 인도라고 대답했다. 학생이 고개를 저었다.
 "아니요. 그런 거 말고요. 태어나서 간 진짜 첫 여행이요."
 말문이 막혔다. 진짜 첫 여행이라. 진짜란 무슨 뜻이고 처
음이란 언제를 말해야 할까. 기준이 모호해진 나는 어릴 적
가족과 떠났던 경상도 여행이라고 대답했는데 말함과 동시
에 크게 후회하고 말았다. 내 여행의 탄생에 대해 깊이 생각
해본 적 없음을 너무 티 냈기 때문에. 학생이 대놓고 시무
룩해했다. 그날 나는 돈 받을 자격이 없음을 느끼며 찝찝하
게 집으로 돌아왔다. 노동은 했지만 가치로웠다고는 할 수
없는 날이었다.
 이후 내 여행의 태동에 대해 생각했다.
 언제였나. 누구와 함께였나.

방학만 오면 부리나케 떠났던 가족 여행, 친척들과 함께한 제주도 여행, 다소 촌스러웠던 수학여행, 아니면 첫 해외였던 인도. 처음이 되는 기준은 여러 가지가 있을 것이다. 시기라든가 깊이, 농도 같은 것들. 거기에 '내가 원해서 떠난'이라는 전제가 붙는다면 어떻게 될까?

그에 대한 답은

열아홉의 부산이었다.

수능이 끝난 겨울.

나는 조금 무기력한 채로 살았다.

대입이 끝났지만 마구 신나지는 않은, 다 끝났지만 아직 안 끝난 것 같은, 시간은 많지만 어떻게 써야 할 줄 몰라 하루의 반을 잠으로 때우는, 학교는 가지만 공부할 필요는 없는 교복 입은 나이롱 학생.

어른들은 지금이 인생에서 가장 행복한 시기라는데,

이런 시간은 죽을 때까지 주어지지 않는다는데,

그러니 뭐라도 해야만 한다는데.

그런데 뭘 해야 할지, 어떻게 시작해야 할지 알 수 없었다. 아무거나 막 하기에는 우리는 덜 성인이고 돈도 없는데. 그래서 나는 하교 후 먹는 것도 자는 것도 아주 많이 하거나 거의 안 하는 방식으로 대충대충 하루를 보냈다.

유일하게 즐거웠던, 하루도 거르지 않고 했던 건 절친 L과의 통화였다. 낮잠 때문에 새벽이 길어진 두 10대는 식구들이 잠든 틈을 타 집 전화로 한 시간이고 두 시간이고 매일 매일 통화했다. 하루는 내가 걸고 다음 날은 L이 걸고. 집 전화비가 걱정되는 날에는 각자의 핸드폰으로 비기알을 아껴가며 이야기를 나눴다. 대화 주제는 대입 결과나 재수에 대한 것이 대부분이지만 너무 무거운 말을 하고 싶지 않을 때는 좋아하는 연예인 얘기나 각자의 동생을 홍보는 식으로 새벽을 보냈다.

어느 새벽, 평소와 다름없던 통화에서 L이 숨을 크게 쉬며 말했다.

"아, 여행 가고 싶다."

L이 희망했던 대학교로부터 불합격 통보를 받은 날이었다. 그날 L은 수학 선생님이 되겠다는 꿈을 최종적으로 접었다.

나는 불쑥 대답했다,

"가면 되지."

L이 말했다.

"어디로?"

"너 돈 있어?"

"좀 있어. 7만 원 정도?"

"그럼 부산 갈래?"

"언제?"

"지금!"

지금이라는 말은 내가 뱉어놓고도 꽤 그럴듯하게 들렸다.

머리에 피가 도는 것 같았다. 아무리 생각해도 좋은 아이디어 아닌가. 수능 이후 처음으로 할 일이 생긴 우리는 전화를 끊고 당장 떠나지 않으면 죽을 사람들처럼 짐을 챙겼다.

핸드폰과 지갑, 기차에서 먹을 간식과 목도리.

혹시 몰라 500원짜리 동전들도 비상금으로 챙겼다. 그러면서 어디로든 떠나버릴 수 있는 나이가 되었다는 사실을 처음으로 실감했다. 역으로 향하던 택시 안에서 나는 엄마에게 메시지를 보냈다.

"나 부산 좀 다녀올게."

폴더폰을 반으로 접으며 진짜로 곧 어른이 된다는 걸 와락 실감했다. 내 지역을 벗어난다는 것, 그것도 부모님 없이, 그건 인생 처음으로 만져진 어른의 질감이었다.

부산에 도착하자마자 해운대로 이동했다. 해운대는 열아홉의 우리가 부산에 대해 유일하게 아는 곳이었다. 이동하는 동안 L과 나는 고등학생 티를 내지 않으려 몸과 마음으로 애썼다. 어설픈 것은 곧 촌스러운 것이라 믿던 때다. 우리는 처음 온 티를 내지 않으려 애쓰는 티를 크게 내며 부산역에서 해운대로 조금씩 조금씩 이동했다. 그러는 동안 새벽 바다를 보았다. 바다는 대구에는 없지만 부산에는 있는 아주 설레는 존재였다.

해운대는 사람이 많지도 않았고 볼거리도 없었다. 상상했던 해운대와는 다른 모습. 대부분의 상점은 셔터를 내렸고 그나마 편의점 간판만이 군데군데 반짝였다.

그리고 무엇보다 너무 추웠다. 챙겨온 목도리를 얼굴 아래 둘렀지만 소용없었다. 우리는 교복보다 아주 약간 따뜻할 뿐인 코트를 입었는데 앞섶이 살짝만 벌어져도 찬 바람이 가슴속을 파고들었다. 멋 부리느라 내복을 챙겨 입지 않은 탓이다. 바닷바람은 서 있을 수조차 없을 만큼 차가웠기 때문에 일단 어디로 들어가기로 했다. 바다가 마주 보이는 위치에 편의점이 있었다.

L과 나는 바깥을 보고 앉아 컵라면이 불기를 기다리며 웅얼거렸다. 따뜻한 곳에 들어오니 졸음이 쏟아졌다.

"해운대 별거 없다야."
"그러게. 사람도 거의 없고. 뭐냐 이거."

해운대는 아침보다 밤이 아름답다는 사실을 알기에 어린 나이였다. 그래도 L와 함께 먹은 컵라면은 맛있었다. 라면은 우리가 중학교와 고등학교 시절을 함께 통과해오는 동안 떡볶이 다음으로 좋아하던 음식이기도 했다.

우리는 아쿠아리움에 가기로 했다. 동이 완전히 튼 후였다. 입장료는 부담스러웠지만 가깝고 따뜻하고 무엇보다 부산에서 뭔가 했다고 하기에 적절한 것 같아 많이 고민하지 않고 선택했다. 어두컴컴한 물속을 돌아다니며 L과 나는 해마, 산호, 한 번쯤 본 것 같은 물고기들을 구경했다. L도 나도 아쿠아리움이 처음은 아니지만 커다란 상어가 허연 배를 보이며 머리 위를 지나갈 때는 "우와!" 하고 감탄했다. 상어는 어른이고 애고 할 것 없이 모두에게 신기한 존재였다.

터널을 돌아다니는 동안 L이 입고 있던 빨간 코트는 이따금씩 검은색으로 변했다. 네 코트 색이 검은색으로 보인다고 말해주려고 L을 돌려세웠다가 나는 '꺅' 소리를 질렀다. L의 입술이 포도주 빛으로 변해있었다. 파랗고 어두운 터널을 걸으며 L과 나는 계속 웃음을 터뜨렸다.

네 입술 까맣다고.

너도 그렇다고.

너 왜 웃냐고.

그러는 너는 왜 그러냐고.

우리는 물고기가 지나가는 방향으로, 그 반대 방향으로 걷거나 앉거나 다시 걷는 방식으로 오래오래 입장료를 뽕 뽑았다. 아무래도 죽기 전까지 아쿠아리움은 안 와도 될 것 같았다.

부산이 조금 익숙해진 우리는 대담하게 시내를 걸어보기로 했다. 오후가 되니 거리는 점점 활기를 띠었다. 여전히 바람은 차가웠지만 해가 있어 견딜 만했다. 이제 막 문을 열기 시작한 상점이나 횟집, 함부로 사 갔다 간 엄마한테 크게 혼날 것 같은 옷들이 즐비한 보세 옷가게들을 우리는 구석구

석 구경하며 시간을 보냈다.

APEC 누리마루도 갔다. L이 부산 사람을 붙잡고 갈 만한 곳을 물어 겨우 얻어낸 장소다. 발가락이 꽁꽁 얼 것만 같은 추위를 참으며 힘들게 찾아간 누리마루는 생각보다 별게 없었지만 그래도 좋았다. 거기까지 가는 동안 나는 앞서 가던 L의 뒤통수와 살짝 더러워진 운동화 뒤축을 뚫어져라 쳐다보았다. 그 모습은 14년이 지난 지금까지도 종종 L을 대변하는 형상으로 꿈속에 등장한다.

밥도 사 먹고 어묵도 사먹었지만 그래도 배가 고팠다. 경비가 몇천 원 남았지만 혹시 몰라 기차를 타기 직전까지 남겨두기로 했다. 동전까지 쓸어 모아온 것은 아주 잘한 일이었다.

돈을 쓰지 않으면 할 수 있는 게 없었기 때문에 우리는 바다가 보이는 아무 계단에나 주저앉았다. 낮이 되니 확실히 덜 추웠다. 각자 코트 주머니 안으로 두 손을 찔러 넣고 우리는 잔뜩 몸을 웅크린 채 지나가는 사람을 구경했다. 왠지 그 사람들도 앉아 있는 우리를 구경하는 것 같았다. L과 나는 한동안 말없이 그러고 있다 끝내 각자가 입학할 대학에 대해 이야기했다.

다시 마음이 무거워졌다.

L은 가고 싶은 학교에 못 가게 돼서, 나는 6년 만에 L과 다른 학교를 다니게 돼서 서로가 함께이지 않은 학교생활은

상상만으로도 겁나는 것이었다.

"나 진짜 수학 선생님 되고 싶었는데….."

L은 많이 울컥했다. 나도 좀 그랬다. 세상에 L만큼 잘 가르치는 사람은 없다고 생각했다. L은 파워 문과생이었던 내게 자주 수학을 가르쳐줬다. 나는 여러 과목 중 수학을 특히 못했는데, 그래도 L이 설명해주면 모두 이해할 수 있었다. 태생적으로 수리력이 부족한 아이들의 혼돈 포인트를 L은 귀신같이 짚어냈다. L의 설명 덕분에 막혔던 부분을 무사히 통과해낸 아이들은 나 말고도 많았다. 도움을 받은 아이들은 꼭 뒤돌아서 이렇게 말했다.
"저런 애가 선생이 돼야 하는데….."
아이들의 칭찬은 L을 밀고 나가는 힘이 되었고, 그런 친구를 바라보는 것은 학창시절 나의 또 다른 기쁨이었다.

"잘할 수 있을 거야. 그치?"

주어도 목적어도 없었지만 나는 끄덕였다.
사람들은 계속 모래사장을 밟으며 왼쪽에서 오른쪽으로, 오른쪽에서 왼쪽으로 걸었다. 천천히 걷는 사람도 있었고 열심히 뛰는 사람도 있었다. 동그란 해가 수평선 저 위에 둥둥 떠 있었다. 눈을 부릅뜨고 정면으로 바라보자 해의 테두리가 까맣다가 파랗다가 조금 뒤엔 새빨갛게 변했다. 계속 바라볼수록 멀어졌다가 가까워졌다가 다시 멀어졌다. 태양의 잔상이 선명히 남은 눈으로 겨울 파도를 가만히 들여다보았다. 해운대 바다는 예쁜 색이었지만 어쩐지 다정해 보이지는 않았다. L이 조금 우는 것 같았다.

일탈의 설렘이 꺼지자 무척 피곤해졌다. 볼 만큼 봤고 먹을 만큼 먹었다 싶을 때쯤 L과 나는 표를 끊으러 역으로 갔다. 어서 따뜻한 의자에서 늘어지고 싶은데 부산에서 대구로 가는 표가 너무 늦게 있었다. 할 일이 없어진 우리는 2,000원 남은 경비로 뭘 할까 고민하다 카페에 가기로 했다.

부산역 앞에는 원래 빵집이지만 빵을 파는 김에 커피도 같이 파는 2층짜리 카페가 있었다. L과 나는 유리문을 조심스레 밀고 들어가 카운터 앞에 섰다. 사장님이 어서 오시라고, 밖에 많이 춥지 않냐고 친절하게 물었던 것 같은데 우리는 이미 아무것도 들리지 않았다. 태어나서 처음으로 카페를 와본 것이다.

"야. 너무 비싼데?"

L이 속삭였다. 나도 동의했다. 빵값은 그렇다 치고 일단 커피가 비쌌다. 사백 원짜리 레쓰비가 세상에서 제일 맛있는 줄 알았던 우리는 천 원이 훌쩍 넘는 메뉴들을 보며 크게 당황했다. 인당 한 잔씩 시키기에는 절대적으로 부족한 금액이었다. 어른이 된다는 건 아무래도 돈이 많이 드는 일

임이 틀림없었다.

도로 나가기는 너무 창피하고, 그렇다고 둘이 와서 한 잔만 시키는 것도 못지않게 없어 보일 것 같았다. 짱구를 굴렸다. 제일 저렴한 커피가 1,200원, 초코빵 하나가 800원이니 이 정도면 쪽팔리지도 않고 적당히 당당하지 않을까. 타협점을 찾은 나는 조금 비장한 표정으로 말했다.

"에스프레소 하나랑 초코빵 하나 주세요."

남자 사장님은 우리를 빤히 봤다. 처음엔 나를 봤다가 다음엔 L을 보고, 나중엔 우리 둘을 동시에 위아래로 훑었다.
왜 보는 거지? 너무 싼 걸 시켜서 싫어하는 걸까?
아무래도 편의점을 갈 걸 그랬나?
사장님이 웃음을 머금고 물었다.

"학생들. 에스프레소 뭔지 알아요?"

당황하면 우물쭈물하는 버릇이 있는 L대신 비교적 뻔뻔한 내가 대답했다.

"아니요. 사실 저희가 돈이 없어서요."

돈이 없다고 말하는 건 너무 부끄러웠기 때문에 목덜미가 다 화끈거렸다. 그럴 줄 알았다는 듯 사장님은 에스프레소가 어떤 커피인지 설명했다. 양이 아주 적은 커피인데 너무 쓰거나 시기 때문에 어른들 중에서도 즐길 줄 아는 사람이 많지 않다고. 그럴듯하게 설명해주긴 했지만 내 귀엔 값은 싸지만 지나친 어른의 맛이라 우리가 먹기엔 좀 그렇다는 뜻으로 들렸다. 풀이 죽었다. 레쓰비에서 에스프레소로 뛰어넘기에 우리는 돈도 없고 너무 덜 살았다. 그건 아무리 노력한다고 해도 어떻게 되는, 할 수 있는 일이 아니었다.

그래도 마음씨 좋은 사장님은 우리에게 이천 원만 받고 아메리카노 한 잔과 초코빵 하나를 주셨다. 아메리카노는 에스프레소에 물을 부은 것인데 설탕을 타면 우리도 충분히 마실 만할 거라고. 부족한 몇백 원은 살면서 부산에 자주 놀러 와주는 조건으로 퉁쳐 주시기로 했다. 모르는 어른과 약속을 한 건 이때가 처음이다. 부산은 내게 여러 가지의 처음이 시작된 곳이다.

역이 마주 보이는 2층 카페에 앉아 L과 나는 생애 첫 아메리카노를 나눠 마셨다. 까만 커피는 아무리 설탕을 타도 맛이 나아지질 않았지만 그래도 한 모금씩 끝까지 마셨다. 사장님께는 죄송하지만 왠지 이런 쓴 커피를 좋아하게 될 날은 영원히 오지 않을 것만 같았다.

역시 내 입맛엔 캔커피가 최고야.
L과 나는 2층 구석에서 사장님 몰래 히히 웃었다.

부산의 화려한 밤이 시작되고 있었다.

첫 여행에 대한 이야기는 여기까지다.

첫 자유, 첫 일탈, 새벽, 기차, 해운대, 커피.

사소하지만 열아홉이기에 할 수 있었던 부산 여행. 14년이 지난 지금 L은 수학 선생님 대신 공무원이 되었고, 나는 커피 없이는 글을 한 줄도 못 쓰는 작가가 되었지만, 아직도 현생으로부터 도피하고 싶을 때면 어김없이 우리는 열아홉 날의 그 부산 여행을 떠올리곤 한다.

내 돈 주고 떠난, 내 의지로 다녀온,

가장 깊은 의미를 남긴 나의 첫 여행.

이 긴 글이 강연에서 성의 없는 대답을 들어야 했던 남학생에 대한 사과가 되었기를.

2005년 겨울, 대구 출신 여고생들에게 선뜻 커피값을 깎아주었던 이름 모를 사장님에 대한 감사 인사가 되었길 바라본다.

지방러에게 서울이란

세기 초, 가요계에 한 소녀가 등장했다.

소녀의 데뷔에 대중은 술렁였고, 그녀는 어마어마한 질투를 받으며 차곡차곡 성장했다.

소녀 보아가 가수 보아로 커갈수록 아이돌을 꿈꾸는 또래 아이들이 많아졌다. 어려도 가수를 할 수 있다는, 그러면서 세간의 관심을 받을 수 있다는 사실은 매력적이었고, 때문에 주말마다 엔터 기획사 앞은 오디션을 보러 온 보아 2세들로 문전성시를 이뤘다.

그중에는 나도 있었다.

어릴 적 나는 가수가 되고 싶었다.

지금 생각해보면 가수라기보다는 그저 연예인이 되고 싶었던 것 같지만 어쨌든, 되고 싶고 하고 싶은 게 있는 열다섯의 나는 반짝였다.

운 좋게 대형 기획사 1차 서류 전형에 합격했다. 대체 어떻게 합격할 수 있었는지는 아직도 미지수지만 아무튼 결과를 듣고 종일 설렜다. 열다섯 인생에서 얻은 결과물 중 가장 값진 일이었다. 1차일 뿐이지만 마음은 이미 무대 위를 날았다. 팬들에게 사인을 해주거나 대중 앞에서 사진을 찍히는 일을 상상하며 종일 웃었다. 입이 귀에 걸린다는 말이 어떤 건지 구체적으로 체험했던 날이었다. 해낸다는 건 이토록 기쁜 일이었다.

2차 오디션을 보려면 서울로 가야 했다. 나는 대구 사람이었고, 왕복 기차표를 살 돈이 없었다. 애초에 서울이란 곳을 가본 적이 없는 나이였다. 보호자가 필요해진 나는 엄마에게 합격 소식을 알렸다. 엄마는 서류 전형을 통과한 사진을 보고 강한 의구심을 갖는 것 같았지만 어쨌거나 축하한다고 말했다. 내 속으로 낳았지만 너는 진짜 희한하다고도 했던 것 같다.

주말, 엄마와 서울행 기차에 올랐다. 서울은 엄마도 몇 번 가본 적 없는 곳이지만 열다섯 딸을 혼자 보낼 수는 없었다. 기차에서 나는 먹거나 자거나 가사를 외우면서 시간을 보냈다. 기차를 탄다는 것만으로도 긴 여행을 시작한 것 같았다. 빠르게 멀어져 가는 대구를 보며 신이 나는 동시에 조금 비장해졌다. 서울은 내가 아는 대부분의 대단한 것들이 시작된 곳이다. 15년 차 지방러에게 서울은 바로 그런 의미였다.

창밖으로는 도시스러운 시골과 시골스러운 도시의 풍경이 획획 지나갔다. 그러는 동안 스피커에서는 구미라고, 다음은 대전이라고, 그다음은 또 어디라고 방송이 흘러나왔다. 기차가 북쪽으로 향할수록 타는 사람들의 말투가 달라졌다. 높낮이가 있는 듯 없는 나직한 말투는 신경을 바짝 당겼다. 전혀 다른 결을 가진 낯선 말투를 들으며 나는 가사가 적힌 종이를 꼭 움켜쥐었다. 서울말은 왠지 듣는 것만으로도 정신을 바짝 차리게 하는 힘이 있었다.

서울역에 내려 기획사 사옥까지 어떻게 갔는지는 조금도 기억나지 않는다.

기억이 희미한 이유는 엄마 때문이다.

엄마는 서울역에 내려서부터 사투리를 격하게 구사하기 시작했다.

"저기예, 여기는 어째 가예?"

엄마는 평생 대구에서 살았지만 사투리가 아주 심한 편은 아니었다. 적어도 나는 그렇게 생각했다. 세련된 옷을 입고 일하는 엄마는 나의 어린 시절 자랑거리 중 하나였고, 내 머릿속 온갖 도시스러운 이미지는 바로 엄마로부터 출발했다. 어디서나 인정받는 엄마를 보며 그 어린 나이에도 나는 역시 사람은 일을 해야 멋있는 거라고, 나도 최대한 멋있고 세련된 일을 해야겠다고 생각한 적이 있었다. 자신 있게 말하건대, 나는 자라면서 단 한 번도 엄마를 부끄러워해 본 적이 없다.

그런데 서울에서의 엄마는 미안하지만 조금 부끄러웠다. 엄마는 여전히 예쁘고 당당했지만 서울에서는 제발 좀 그만

당당해졌으면 좋겠는데….

"배는 안 고프겠나?"
"머리는 와 그래가 왔노?"

사람들이 자꾸만 쳐다봤다. 엄마가 한마디 할 때 힐끗, 내가 대답할 때 또 힐끗. 사투리가 잘못은 아니지만 잘못된 게 아니기 때문에 말 좀 그만하라고 부탁할 수 없는 게 제일 답답했다. 주목받고는 싶지만 그러면서도 주목받기 싫은 희한한 나이였다. 딸의 오디션이 신경 쓰이는 40대 여자와 그런 엄마를 부끄러워하는 열다섯은 서로 다른 것을 걱정하며 조금씩 오디션장으로 이동했다.

사옥 앞에는 사람이 많았다. 내 또래 학생들도 있었고 나보다 어리거나 나이가 훨씬 많아 보이는 사람도 있었다. 사람들은 거리에서 아무렇지도 않게 노래를 부르거나 춤을 췄는데, 나는 그 모습에 충격을 받고 말았다.

'아니, 어떻게 길에서 노래를 부를 수가 있지?'

그들 모두가 뛰어난 실력을 가졌던 건 아니지만 처음 보는 사람 앞에서 목소리를 낼 수 있다는 것 자체에 이미 진 것 같았다. 서울 사람들은 말투도 옷차림도 하는 행동도 신기했다. 그 신기한 것들을 아무렇지도 않게 하는 게 뭐랄까,

좀 무서웠다.

태생적으로 다른 카테고리에 있는 듯한 느낌.

이 사이에서 내가 노래를 하고 춤도 춰야 한다고.

사투리로 자기소개도 하고 그래야 한다고.

서울은 정말이지 대단한 동네였다.

입구에서부터 기가 확 꺾인 나는 오디션을 말아먹었다. 심사위원은 참가자가 조금만 실수해도 가차 없이 다음 번호를 불렀는데, 나도 예외는 아니었다. 준비해 간 UN의 파도는 20초도 부르지 못했다.

"눈이 부시게 아름다운 바닷가. 나의 눈 속엔 그보다 고운 너였어."

"네, 다음 분."

순식간에 차례가 지나간 게 믿기지 않아 잠깐 멍하게 서 있었다. 가슴이 화끈했다가 일순간 훅 식었다. 내 다음 후보가 이미 노래를 시작하고 있었다.

이대로 가라고? 아닌데, 더 잘할 수 있는데, 진짠데….

엄마를 부끄러워한 벌을 이렇게 받는 건 아닐까 잠깐 생각했다. 겨우 이거 부르려고 서울까지 왔나, 한 번만 더 기회를 달라고 말해볼까. 돌아서는 순간에도 발이 떨어지지 않아 아주 천천히 무겁게 걸었다. 혹시나 내 이름을 한 번 더 불러주지는 않을까 기대하며. 물론 그런 일은 일어나지 않았다.

평평 울고 싶다고 생각하며 복도로 나왔다. 이미 많은 사람이 앉거나 선 채로 울고 싶은 마음을 실천에 옮기고 있었다. 속 시원히 우는 사람들을 보며 이럴 줄 알았으면 차라리 혼자 오는 게 나았겠다고 생각했다. 마음껏 속상해하지도 못하고 이게 뭐람.

사옥을 나서던 등 뒤로,

아직 발매 전인 SES의 5집 U가 흘러나왔다.

분식집에서 엄마와 마주 앉아 우동을 먹었다. 긴장이 풀렸는지 허기가 졌는데, 왜인지 아무리 먹어도 배가 안 찼다. 정신이 온통 아까의 20초에 머물렀다.

다른 노래 할걸.

다른 파트 부를걸.

여자 노래를 했어야 했는데….

대체 왜 그걸 불렀을까?

그런다고 거스를 수 있는 일은 아니겠지만, 스스로를 탓하는 게 상황을 탓하는 것보다는 덜 못난 것 같아 나는 계속 그렇게 했다.

탓하고 후회하며 첫 서울과 헤어진 뒤, 한동안 나는 서울이라는 말만 들어도 가슴이 크게 뛰었다. 심장이 아래로 쿵, 다시 위로 쿵 할 때마다 엄마를 부끄러워했던 길거리, 특이한 차림의 사람들, 서울말, 눈에 띄던 춤꾼들, 실수로

삐끗한 목소리, 뒤이어 들려온 심사위원의 목소리가 뇌리를 스쳤다. '네, 다음 분.' 그러면서 본능적으로 알았다.

앞으로 살면서 가수 오디션을 볼 날은 두 번 다시 없을 거라고.

현재 나는 열다섯보다 두 배는 더 살아낸 어른이 됐다. 서울역에서 벌벌 떨던 열다섯의 서현지는 서른이 넘어 노래 대신 글을 쓰고, 멜로디 대신 강연 대본을 읊는 여행 작가가 되었다.

"타지마할의 역사는 이렇습니다 여러분, 앙코르와트의 1회랑을 돌아나가면 이런 것들을 볼 수 있습니다, 여행 중 갑자기 생리가 시작되면 이렇게 대처하세요."와 같은.

이제는 서울이라면 반나절 만에 거뜬히 다녀오고 때에 따라 표준 억양도 무난하게 구사하지만 그래도 어쩐지 서울은 좀 아련한 구석이 있다.

많은 건물이 있지만 내 집은 없는.

수많은 기회가 있지만 내 자리는 없는.

그러면서도 지금의 나를 먹여 살리는 대부분의 일거리가 있고, 친구가 있고, 여러 실패와 기쁨과 추억과 성장의 증거들이 있는.

그런 도시.

우연히 거리에서 들려온 SES 노래를 따라 부르다 그날의 오디션과 20초와 후회와 서울이 생각났다.

그러고 보니 나의 첫 서울이었다.

충분히 기록으로 남길 만한 일이라고 생각했다.

캐나다 워킹홀리데이1

캐나다 횡단 열차는 밴쿠버에서 출발해 5일 뒤 토론토에 도착한다. 오래 걸리지만 비용은 비행기로 가는 것보다 훨씬 비싸다. 이런 여행을 선택한 이유는 열차가 로키산맥을 지나기 때문이다.

나는 캐나다에 살면서도 로키산은 가보지 못했다.

처음에는 돈이 없었고, 돈이 모인 후에는 조금 더 모으고 싶어 자꾸 미뤘다. 그러다 보니 그 예쁘다는 여름 로키산을 놓쳤고, 그것을 나는 뒤늦게 후회했다.

그래도 이 열차를 차면 설산만큼은 볼 수 있겠지.

겨울 로키도 꽤 볼만하다던데.

5일짜리 횡단열차를 선택한 걸 부디 후회하지 않길 바랐다.

배정된 호차에 올랐다. 히터를 틀지 않은 기차는 바깥만큼이나 추웠다. 숨을 내뱉자 입김이 무럭 나왔다. 두 사람씩 마주 보는 구조. 두 사람은 정방향이지만 나머지 두 사람은 등으로 달려야 한다. 내 자리는 창가 쪽. 창가 자리는 춥지만 바깥이 잘 보이고, 무엇보다 덜 일어서도 된다. 게으른 데다 오줌 오래 참기에 특출난 재능이 있는 나는 늘 창가 쪽만 예약한다.

의자 아래에 캐리어를 밀어 넣었다. 청소는 대체로 안 하는 건지 먼지가 훅 올라왔다. 의자 아래로는 종아리부터 발목까지 받쳐주는 간이 받침대가 있지만 맞은편 사람이 타면 무용지물이 될 것이었다. 이 상태로 5일을 가야 한다.

침대칸도 있는지는 모르겠지만,

아마 있더라도 많이 비싸겠지.

이럴 때면 돈 많은 사람들이 아주 구체적인 형태로 부러워진다.

밴쿠버는 최초 출발지기 때문에 아직은 자리가 널찍했다. 이대로 아무도 안 탔으면 좋겠다고 생각하며, 받침대를 높여 다리를 일자로 뻗었다. 장딴지가 풀리면서 정수리에 짜릿한 느낌이 들었다.

아우 편해라.

눈을 감고 출발을 기다렸다.

지금 밴쿠버를 떠나면 한 달 반이 지난 뒤에야 다시 돌아올 것이었다.

스물다섯 인생, 가장 긴 여정이 시작되기 직전이었다.

빅토리아에서는 반년을 넘게 살았다.

빅토리아는 밴쿠버 바로 옆에 있는 섬이다. 그러면서도 미국 시애틀과도 가까워 해변 끝으로 나가면 미국 신호가 잡힌다. 워킹홀리데이 비자를 받아 빅토리아로 온 한인들은 틈만 나면 시애틀을 다녀왔다. 시애틀은 빅토리아에서 가장 가까운 미국이자 페리로 세 시간밖에 걸리지 않기 때문에 워홀러들의 단골 휴가지가 되었다.

나도 언젠가 일을 구해서 돈을 모으면 꼭 시애틀을 다녀와야지.

단돈 150만 원을 들고 캐나다로 온 나는 왠지 죽을 때까지 시애틀은 못 갈 것만 같았다.

빅토리아는 완전 시골은 아니지만 대체로 시골인 동네다. 번화가가 있지만 웬만해선 조용하며, 그마저도 여섯 시면 대부분의 가게가 문을 닫는다. 배달 문화도 없어 밥도 집에서 해 먹고, 마트가 멀어 장을 보려면 버스나 자전거를 타야 한다. 라쿤이 도로를 활보하고 특별한 날에는 순록도 만난다. 버스는 아주 천천히 움직이기 때문에 책을 읽어도 멀미가 안 났고, 탑승한 승객이 완전히 착석해야만 버스가 출발하기 때문에 목적지에 도착하기까지 오래 걸렸다. 느린 기사가 모는 느린 버스에서 빅토리아 사람들은 모두 느리게 하루를 시작했다. 그러면서도 아무도 화내지 않았다.

빅토리아는 조금 답답하고 조용한 동네였다.

마음씨 좋은 집주인을 만난 덕에 적은 돈을 내고 오크베이 부촌에 방 한 칸을 구했다. 집도 일도 안 구해져 하루 삼만 원짜리 백패커에서 쩔쩔매던 중 극적으로 구한 집이다. 월세는 일반 워홀러들이 보름치 방세로 내는 금액보다도 적었다. 땅값 비싼 오크베이에서는 기적에 가까운 일이었다.

집주인 부부는 가끔 장을 보러 가면 내 몫의 식료품도 사다 주었다. 마당에 자라는 작물도 마음껏 먹게 해줬고 자전거를 세울 공간도 마련해주었다. 부부는 밴쿠버로 가느라 자주 집을 비웠는데, 그럴 때면 친구들을 불러다 재미있게 놀라고 꼭 먼저 말했다.

집주인 잘못 만나면 워홀 인생 가시밭길이라던데.

돈이 많은데 착하기까지 한 사람과 같이 산다는 건 이런 거란 걸 온몸으로 실감하며 캐나다 워킹홀리데이를 시작했다.

낮에는 이력서를 돌렸고 남는 시간 대부분은 동네 커피숍에서 영어 공부를 했다. 이 나라 대학생들이 방학을 하는 6월이었다. 정말이지 알바가 더럽게도 안 구해졌다.

"뭔가를 배운다는 건 늘 좋은 일이지."

커피숍에 앉아 있으면 누군가 꼭 말을 걸었다.

돈 많고 할 일 없는 오크베이 노인들은 심심해 죽겠다는 표정으로 옆자리에 슥 앉았다. 그들의 말 거는 방식은 대중이 없었다. 그들은 나를 원래부터 알던 사람처럼 대했다. 나는 관계에도 절차라는 게 있다고 믿었기 때문에 캐내디언들의 소통 방식이 좀 기괴하게 느껴졌다.

보통은 인사를 하고,

여기 앉아도 되냐 묻고,

그다음 이름이 뭔지, 캐나다엔 왜 왔는지, 직업은 뭔지,

이렇게 가야 맞는 거 아닌가?

의문을 품든 말든 노인들은 옆자리에 엉덩이를 걸치고 그 때그때 자기가 하고 싶은 말을 했다.

이 옷 어디서 샀니?

너는 참 꽃 같은 얼굴을 하고 있구나.

저 자전거 네 거니? 무릎이 건강해서 부럽네.

나는 의심스러운 얼굴을 하면서도 다운타운 중고 마트에서 샀다고, 혹시 어떤 종류의 꽃인지 물어봐도 되냐고, 이 자전거를 타고 오늘도 이력서를 열 장 넘게 돌렸는데 열 번 다 까였다고 꼬박꼬박 대답했다.

노인들은 말을 느리게 하면서도 많이 했고, 그러면서도 했던 말을 또 했기 때문에 리스닝 연습에 최적이었다. 노인들은 내가 무슨 말을 하고 싶은지 찰떡같이 알았다. 나는 모든 시제를 현재형으로 말했고 대부분 짧게 대답했지만, 그 사이에서도 노인들은 어떻게든 유머 포인트를 찾았다. 오크베이 사람들은 평생 고생이라곤 안 해봤을 것 같은 얼굴로 아이처럼 '으헤헤' 웃었다. 말이 느리면서도 잘 웃는 그들을 보며 나는 모든 캐내디언들이 다 저렇다면 얼마나 좋을까 생각했다.

작은 베이커리에 이력서를 냈다가 "너 동양인이잖아? 네가 여기서 할 수 있는 일이 뭔데?"라는 말을 들었던 날이었다.

노인들과 대화하는 건 자신감을 키우는 데 크게 도움이 됐기 때문에 나는 커피를 마시고 싶지 않은 날에도 커피숍을 갔다. 같은 카페를 매일 가는 동안 몇몇 노인들과 안면을 텄다. 그들은 아직도 일을 못 구했냐고, 오늘도 옷이 예쁘다고, 케이크를 좀 먹겠냐고 알은체를 했다.

가장 자주 마주친 사람은 빵모자 할머니였다.
빵모자 할머니는 매일 다른 색깔의 빵모자를 쓴 채 카페에 나타났다. 백발에 키가 작은 할머니는 늘 고급스러운 지팡이를 짚고 느린 속도로 걸었다.

"이 동네에서 보기 드문 젊은 아가씨네."

할머니는 어떤 날에는 나를 알아봤지만 어떤 날에는 생전 처음 본 것처럼 대했다. 처음엔 "어제도 봤잖아요."라고 했지만 며칠 후부터는 "모자가 예쁘시네요."라고 대답했다. 그러면 할머니는 백발 위에 올려진 모자를 살짝 고쳐 쓰며 천천히 웃었다. 오크베이는 웃는 것조차 느린 동네였다.
빵모자 할머니는 같은 말을 또 하는 오크베이 노인들 중에서도 특히나 구간 반복이 심한 편이었다. 빵모자 할머니가 가장 좋아하는 레퍼토리는 대부분 어린 시절에 관한 것이었다.

"그 동네는 참 좋았어. 아마 캐나다에서 제일 예쁜 동네일

거야."

　빵모자 할머니는 캐나다 재스퍼에서 태어났다. 재스퍼는 아름답고 평화로웠다. 할머니는 재스퍼에서 어린 시절을 보낸 후 토론토로 넘어가 학교를 다녔고, 이후 남편을 만나 빅토리아에 정착했다.

　"토론토에는 아주 많은 것이 있지. 하지만 재스퍼만 못했어. 재스퍼처럼 예쁘지도, 너그럽지도 못한 동네지. 그곳에서 나는 오래 공부를 했단다. 재스퍼가 그리워 나는 매일을 울었어. 아마 인생에서 제일 힘든 시기였을 게다."

　할머니는 재스퍼의 설산과 사람과 바람과 그곳에서 보낸 가족들과의 시간을 이야기할 때마다 말이 빨라졌다. 가끔은 어려운 단어를 썼지만 그래도 알아들을 수 있었다. 많은 것을 깜빡하는 할머니였지만 재스퍼와 관련한 이야기만큼은 토씨 하나 틀리지 않고 매번 똑같이 말했기 때문이다. 빵모자 할머니는 죽기 전에 재스퍼에 꼭 한 번 다시 가고 싶다고 했다. 왠지 '가면 되잖아요'라는 말이 쉽게 나오지 않았다. 그건 돈이 해결해 줄 수 없는 문제인 것 같았다. 재스퍼 스토리의 마무리는 항상 비슷했다.

　"나는 네가 부럽구나. 너는 언제든 재스퍼에 갈 수 있잖니?"

빵모자 할머니는 영어도 잘하고 돈도 많은, 무시당할 일 없는 백인이지만 그럼에도 나를 부러워했다. 그때마다 나는 "아 할머니, 저 지금 코앞에 있는 시애틀 갈 돈도 없다니깐요. 지금 한국 돌아가야 될 판이에요. 일이 안 구해져서요!" 라고 대답했다.

할머니는 웃었다.

"너는 기운이 아주 좋은 사람이야. 너는 뭐든 해낼 거야. 나를 믿어보렴."

으, 맨날 똑같은 소리.

나는 볼멘소리를 하면서도 속으로 생각했다.

나는 정말로 뭐든 할 수 있는 사람일까?

진짜로 내게 좋은 기운이라는 게 있을까?

대체 내가 왜 부러운 걸까?

그러고 보면 살아갈 시간이 많다는 건 돈이 많은 것보다 확실히 나은 일일지도 몰랐다. 나는 알바조차 못 구하는 처지였지만 그래도 내 상황이 썩 나쁘지는 않은가 생각해보았다. 캐나다에서 와서 처음으로 했던 희망적인 생각이었다.

열차가 레일 위를 천천히 달렸다.

밴쿠버의 모습은 빠르게 사라지고 거기서 거기인 것 같은 하얀 풍경이 이어졌다. 세상의 눈이란 눈은 온통 캐나다에만 내리는 것 같았다. 그러는 동안 옆 사람, 앞사람,

대각선 자리까지 사람이 탔다. 백인들은 눈인사는 했지만 서로 대화는 하지 않았다. 열차 안이라서인지 그냥 말하기가 싫은 건지는 알 수 없었다. 확실히 빅토리아 사람들과 도시 사람들은 달랐다. 이제 나는 한 달 넘게 여행할 돈도 있고, 시애틀 다녀온 이야기도 할 수 있고 영어를 쓸 용기도 생겼지만 정작 대화할 사람이 없었다. 오크베이 할머니들이었다면 분명 무슨 말이든 떠들어주었을 텐데. 이 상태로 5일이나 가야 하다니. 스마트폰이라는 것도 없는 2011년 겨울이었다.

유일하게 말을 하거나 들을 수 있는 시간은 밥을 먹을 때다. 열차에는 식당칸이 있는데 티켓을 사면 제대로 된 한 끼를 먹을 수 있었다. 식당칸은 좁기 때문에 아무나 마구잡이로 합석해서 먹었다. 음식을 앞에 두고 마음이 너그러워진 사람들은 모르는 이에게 자연스럽게 말을 걸었다.

저녁을 먹으러 갔다가 독일인 부부를 만났다. 조금 전 열차에 올랐던 그들은 내가 코리안인 걸 듣자마자 방금 너희 나라 대통령이 사망했다고 알려주었다. 너무 놀라 아무 말도 할 수 없었다. 그들은 세계 사람들이 충격에 빠졌다고, 뉴스에 온통 그 소식밖에 안 나온다며 유감을 표했다.
우리나라 대통령이 죽다니. 대체 어떻게.
잠시 멍하게 있는 동안 그들은 계속해서 말을 이었다.

"미스터 김이 죽다니 정말 놀라운 일이야."

"그러게. 이제 또 어떤 뉴스가 쏟아져 나올지 걱정돼."

나는 미스터 김이 누구냐고,

우리나라 대통령은 이씨라고 말하려다가 조용히 입술을 붙였다.

아무래도 세계인들에게 코리아는 아직 한 덩어리인 모양이었다. 슬퍼하기에도, 아무렇지 않아 하기도 어려운 문제였다. 그저 소식을 전해줘 고맙다고만 했다. 독일인의 눈에 비친 내 표정은 어땠을까? 남북 역사에 한 획이 크게 그어지는 동안에도 열차는 계속 동쪽으로 동쪽으로 달렸다.

졸다가 깨다가를 한참 반복했다. 지금쯤이면 로키산을 지나고 있을 테지만 눈발이 너무 거세 아무것도 보이지 않았다. 창문 전체가 하얗기만 했다. 이럴 줄 알았으면 그냥 비행기 탈걸.

얼굴에도 슬슬 기름이 번졌다. 다리가 참을 수 없을 만큼 저리다고 생각하던 즈음 기차가 멈췄다. 창밖으로 낡고 오래된 역사가 보였다. 방송을 통해 이곳에서 한 시간 정도 정차할 예정이며, 내부 청소를 해야 하니 전원 하차해줄 것을 부탁하는 안내 멘트가 흘러나왔다. 여기서 식료품도 채우고 기름도 넣고 화장실 물도 교체하는 모양이었다.

사람들은 한 명씩 바깥으로 나갔다. 나도 옷을 껴입고 자리에서 일어섰다. 한참을 굽히고 있던 다리가 아프다고 비명을 질렀다. 인파를 따라 눈발을 헤치며 역사에 도착했다. 입구에 역명이 선명한 글자로 적혀 있었다.

JASPER

호흡이 잠깐 멈추는 것 같았다. 동그란 빵모자가 잠깐 눈앞을 스쳤다. 누군가가 죽기 전에 꼭 오고 싶다던 곳에 함부로 서 있는 기분은 뭐랄까, 벅차고 미안했다. 너무 미안해서 눈물이 와락 날 것 같았다. 역사 뒤로 하얀 눈을 뒤집어쓴 로키산이 우뚝 서 있었다.

사람들은 대합실에 아무렇게나 눕거나 앉았다. 자리를 못 잡은 사람들은 구석에서 제자리 뛰기를 했고, 어린애들은 빽빽 울었다. 내릴 때는 좋았지만 막상 나오고 나니 너무 추웠던 모양이다. 나도 아래턱이 덜덜 떨렸지만 꾹 참고 역을 돌아다녔다. 재스퍼의 무엇이라도 더 눈에 담아 가야 할 것 같았다. 많이 보고 가서 꼭 빵모자 할머니한테 말해줘야지. 재스퍼 잘 있더라고, 로키산이 끝장나게 멋있더라고. 육체가 기억을 놓고 있는 와중에도 마지막의 마지막까지 남길 만한 풍경이었다고.

구석에 기념품 부스가 있었다. 열쇠고리나 연필, 엽서 같은 것들을 팔았다. 나는 재스퍼 배지와 신생아용 내복을 샀

다. 배지는 빵모자 할머니에게 줄 선물이고, 내복은 미래의
내가 낳을지도 모를 아이를 위한 것이다. 만일 내가 아이를
낳게 된다면 미래에 이 옷을 입혀주며 말해줘야지.

　엄마가 스물다섯 살 때 캐나다에서 어떤 할머니를 만났었단다.
　할머니는 엄마에게 너는 뭐든 할 수 있을 거라고,
　기운이 참 좋은 아이라고 말해주었지.
　할머니가 해준 말은 아주 오랜 세월 동안 엄마를 살게 했어.
　재스퍼는 바로 그 할머니가 태어난 동네의 이름이란다, 아가.

　느리게 역사를 걸었다.
　얼기설기한 바닥의 모양도, 나무를 엮어 만든 지붕도 눈
에 담았다.
　빅토리아로 돌아가면 빵모자 할머니한테 자세히 설명해줘
야지.

　먼 훗날 캐나다에서의 행복했던 순간을 설명하라고 하면
주저 없이 이 순간을 떠올릴 것 같다고 나는 예감했다.
　아무래도 비행기는 타지 않길 잘한 것 같았다.

캐나다 워킹홀리데이2

열심히 일했다.

좋은 집주인 덕에 월세는 조금만 냈지만

먹거나 입는데도 돈이 필요했기 때문에 꾸준히 몸을 움직였다.

일은 한식당과 일식당에서 했다. 뚝배기나 야끼 철판은 알바생들의 손가락이나 팔뚝을 자주 구워 먹었다. 불에 덴 부위는 엄청 아프고 상처도 크게 남기 때문에 한 번 다쳐본 알바들은 불 다루는 업종을 꺼렸다. 그래도 나는 가게를 바꾸지 않고 계속 같은 곳에서 일했다. 일단 일 구하기가 너무 어려웠고, 힘든 일을 하면 어쨌든 많이 벌 수 있기 때문이다.

한식당에서는 다양한 메뉴를 팔았다. 비빔밥이나 찌개, 감자탕이나 제육볶음은 물론이고 짜장면이나 짬뽕, 우동도 취급했다. 손님의 절반은 한국 사람이고 그중 대부분은 어리고 돈 없는 유학생이었다. 다운타운에는 만 원으로 밥과 국물, 반찬과 차까지 제공되는 식당을 찾기 어렵기 때문에 학생들은 가성비 좋은 몇 곳을 찍어두고 그곳만 찾아다녔다. 내가 일하는 한식당도 리스트에 포함된 곳이었다.

캐나다에서는 무엇이든 추가하면 돈을 받는다. 소스나 밑반찬에도 추가금이 붙는다. 물은 수돗물을 컵에 따라 무료로 제공하지만 정제된 물을 원한다면 추가금을 내야 한다. 음식에 붙는 세금과 서버 팁은 별도기 때문에 제대로 된 한 끼를 먹으려면 만 오천 원을 훌쩍 넘는다.

내가 일했던 한식당 사장님은 학생들을 배려해 리필 반찬에 추가금을 받지 않았다. 반찬은 김치나 나물, 감자조림 등이었는데 무한 리필이 가능했기 때문에 어떤 학생은 빈 통을 가져와 몰래 나물을 싸가기도 했다. 악용하는 손님은 많았다. 네 명이서 찌개 두 개를 시키고 반찬으로 배를 채우는 경우도 빈번했다. 단돈 500원이라도 추가금을 받는 게 좋을 것 같아 사장님께 건의해봤지만 거절당했다.

"우리까지 그러면 돈 없는 학생들은 어디서 밥 먹니? 한 끼 먹고 하루 종일 버티는 애들이 얼마나 많은데."

유학 온 학생들이 돈 없어 굶주린다는 게 이해되지 않았지만 시키는 대로 했다.
사장님 인심 덕분에 감자도, 나물도, 김치도
매일매일 밑 빠진 독에 붓는 물처럼 훌쩍훌쩍 사라졌다.

한국에서 알바 경험이 많아 캐나다에서는 좀 수월할 줄 알았는데 절대 그렇지 않았다. 서양인들은 동양인들을 빈번히 무시했고, 한국 손님은 같은 한국인이라는 이유로 무작정 대접만 받고 싶어 했다.

2011년 당시 손님은 왕이었다. 때문에 알바들은 잘못하지 않아도 자주 고개를 숙였다. 손님이 착각한 것도 알바 탓, 날씨가 궂은 것도 알바 탓, 맘에 드는 반찬이 없는 것도 기승전 알바 탓. 몇몇 진상들은 한국에서 하던 갑질을 캐나다에서도 했기 때문에 고달픈 순간이 자주 찾아왔다.

그래도 버틸 만했다.

캐나다 시급은 한국의 세 배였고 적어도 사장님이 우리 편이었으니까.

한 번은 중년의 한국 손님이 찾아와 미네랄 워터를 주문했다. 추가금이 붙는 메뉴라고 설명했고 동의하에 서빙 했지만 계산할 때가 되니 그는 말을 바꾸었다.

같은 한국인끼리 정 없이 물값까지 받아야겠느냐고, 네가 그렇게 융통성이 없으니 캐나다에서 한식 서빙이나 하는 거라고, 세상천지에 물값 받는 한식당이 어디 있냐고.

한참 멍멍멍 소리를 듣고 있는데 사장님이 나오셨다. 어처구니없게도 손님은 사장이 나타나자 바로 입을 다물었다. 언제 그랬냐는 듯 "아이고! 타국에서 고생하신다."며 인사도 건넸다.

얼마나 어이가 없던지.

대체로 국적을 불문하고 멍멍이들은 사람을 봐가며 짖는 것 같았다.

진상은 차고 넘쳤다.

500원 남짓 팁을 주고서 전화번호를 달라던 남자 손님, 짜장면 하나로 셋이서 나눠 먹고 앞접시 세 개와 식기 세 세트와 김치 리필 다섯 번을 요구한 뒤 양이 적다고 컴플레인 하던 가족, 식후에 커피 좀 타와 보라며 알바들을 술집 여자 취급하던 사람. 그런 테이블에는 어김없이 사장님이 출격했고 때문에 사장님은 두 배로 바빴다.

진상 때문에 알바 중 누군가 우는 날이면 사장님은 간식을 사 온다거나 메뉴에 없는 특별식을 만들어주는 방식으로 피해자를 달랬다. 우리는 챙김 받는 느낌이 좋아 일부러 상처받은 표정을 짓기도 했다. 사실 이런 건 '뭐가 짖는구나' 하며 넘길 수 있지만, 그래도 반나절 정도 속상한 연기를 하면 사장님의 관심을 받을 수 있어 좋았다.

"그래도 화내지 않고 침착하게 잘 대처했네. 고맙다 얘들아."

사장님의 마음은 참 좋았다. 잘못하지 않은 일에 죄송해하지 않아도 되는 건 진짜로 신기했다. 사장님이 잘 버텨주었기 때문에 우리는 쓸데없이 고개 숙이지 않았고, 녹초가 되어 퇴근하면서도 다음 날 출근이 두렵지 않았다. 그렇게 알바들은 조금씩 자랐다. 제대로 된 사장 밑에서 책임과 권리라는 건 바로 이렇게 만들고 행사하는 것임을 배우면서.

그래도 진짜로 잘못한 일에는 제대로 혼났다.

알바들은 돌아가며 사고를 쳤는데 나는 그중에서도 굵직한 실수를 자주 했다.

한날은 시금치 알레르기가 있는 백인 손님에게 초록이 잔뜩 든 비빔밥을 서빙하는 대형 사고를 쳤다.

"나는 서버에게 분명히 말했어요. 시금치를 **빼달라고**."

할 말이 없었다. 'spinach'를 '무'로 착각했다는 사실을 털어놓으면 더 혼날 것 같았다. 먹기 전에 시금치를 미리 발견했기 때문에 큰 사고는 없었지만 손님은 더 이상 이 가게를 믿을 수 없다며 짐을 싸서 나가버렸다. 이날 사장님은 근무 시간 내내 나와 눈을 마주치지 않는 것으로 벌을 대신했다. 굳은 표정으로 내가 가는 동선마다 일부러 피해 다녔다. 죄송하다고 말하고 싶은데 기회를 주지 않았다. 차라리 대차게 혼나는 게 낫겠다 싶을 만큼 겁먹었을 무렵, 사장님이 다가와서 말했다.

"현지야. 영어 공부 열심히 하자.
외국에서는 말귀 잘 알아듣는 놈이 최고야."

그날부터 영어 공부를 다시 시작했다. 야채명을 모조리 영어로 적어 달달 외웠다. 가게에서 취급하지 않는 야채도 몽땅 적고, 발음이 자연스러워질 때까지 연습했다. 적어도 시금치만큼은 죽어도 안 까먹겠다고 결심했다. 안다고 생각했던 것도 다시 쓰고 듣고 발음하면서 찔끔찔끔 울었다. 왠지 모르겠지만 공부하는 내내 자꾸 눈물이 났다.

bamboo shoot, cabbage,

white radish, bean sprouts, bracken….

외국에서는 말귀 잘 알아듣는 놈이 최고야.

무언가가 가슴을 쓸고 지나간 것 같았다.

실수 덕분에 나는 캐나다에서 영어 공부를 아주 열심히 했다. 단어도 외우고 리스닝 연습도 매일 했다. 덕분에 빅토리아 대학교에서 한국어 선생님으로 봉사활동을 하며 캐내디언 친구들도 만났다. 훗날 큰 고생 없이 토익 점수를 만들 수 있었던 건 분명 캐나다에서의 시간이 있었기 때문이리라. 한식당에서 나는 많은 것들을 몸으로 통과시켰다. 귀로 듣고 입으로 뱉어낸 수천 가지의 단어와 꼬박꼬박 벌어낸 월세, 노동의 가치와 잘못의 기준, 사과의 무게와 반성의 의무, 좋은 집주인과 사장님, 사람.

워킹홀리데이는 인생에 꼭 한 번쯤 겪어볼 만한 것이라 자신 있게 말할 수 있게 되었을 때쯤, 나는 한국행 비행기를 탔다. 스물다섯에서 스물여섯으로 넘어가던 겨울이었다.

개같이 벌어 자카르타

2년 동안 취업 준비를 했지만 상경에 실패했다.

내로라하는 회사의 카피라이터가 될 수 있었는데.

자랑스러운 딸이 될 수 있었는데….

취준생에게 뭔가 '될 뻔'했다는 것은 의미 없다. 취업은 단계의 문제가 아니라 결과의 문제기 때문에 1차에서 떨어졌든 마지막에 떨어졌든 어쨌든 실패는 실패일 뿐이다.

바닥난 인내, 떨어진 자존감.

더는 물러설 곳이 없다 판단했을 때, 나는 카피라이터가 되기를 포기하고 대구에 있는 마케팅 회사에 입사했다.

회사는 직원들의 체력을 갈아 넣어 굴러가는 전형적인 지방 소기업이었다. 규모는 작은데 일은 많았기 때문에 사원들은 자주 밤을 새웠다. 야근비도 없고 철야를 해도 택시비조차 못 받았지만 모든 사회 초년생들이 그렇듯, 잘 몰랐기 때문에 꾸역꾸역 다녔다.

우리 회사는 4층에 있었는데 새벽 두 시까지 운영하는 5층 독서실보다 항상 늦게 불을 껐다. 불 꺼지지 않는 4층 회사의 정체에 대해 궁금해하는 사람은 독서실 사장님 말고도 많았다.

건물주였던 아주머니는 1층에서 카페를 운영했다. 카페는 감각이랄 것 없이 중구난방으로 꾸며져 있었는데 각 모서리마다 인테리어 콘셉트가 달랐다. 입구 쪽에는 여인숙을 연상시키는 오래된 소파가 놓여있고, 반대쪽에는 SNS에서 유행하는 방 꾸미기 콘텐츠에서나 볼법한 별로 안 비싸 보이는 심플한 탁자가 놓여있었다. 창문 한편에는 값나가 보이는 원목 블라인드가 걸려 있었는데, 그 블라인드 옆으로 먼지 앉은 뻐꾸기를 반쯤 토해낸 촌스러운 시계가 1시 30분에서 멈춘 채 손님들을 내려다보고 있었다.

하나하나 보면 예쁘지만 모아놓고 보면 되게 이상한 카페에서 우리는 자주 아메리카노를 마셨다. 퀭한 얼굴로 커피를 물처럼 마시는 우리를 보며 사장님은 자주 혀를 찼다. 도장을 열 개 모으면 커피 한 잔을 더 주는 쿠폰은 야근 횟수가 늘어날수록 빠르게 채워졌다.

나는 콘텐츠를 기획하거나 사진을 찍거나 글 쓰는 일을 담당했다. 주 업무는 취재 후 보도기사를 쓰거나 온라인에 배포될 홍보 자료를 만드는 것이다. 홍보 자료는 대부분 글로 쓰지만 가끔 디자인 작업도 필요하기 때문에 포토샵도 알음알음 배웠다. 회사에는 디자인을 담당하는 팀이 따로 있지만 어쩐지 일을 맡기면 화를 냈다. '이게 바로 네 일'이라 말할 수 없던 신입들은 울며 겨자 먹기로 남의 일까지 했다. 기획팀 사원들이 어설프게 만든 이미지들은 자주 관공서 홈페이지 배너나 정치인들의 온라인 연하장 배경으로 사용되었다. 이때 야매로 배워놓은 포토샵 기술은 훗날 여행 콘텐츠를 팔아먹는 직업을 갖게 하는 데 큰 발판이 되었다.

정해진 업무를 해내면서 새 프로젝트 입찰 준비까지 맡았기 때문에 우리는 아주 바빴다. 신입은 물론이고 대리나 팀장까지 사무실에서 밤을 새웠다. 별이 지고 해가 뜰 때까지 제안서 회의를 했고, 힘에 부칠 때는 회의실 테이블에 담요를 깔고 새우잠을 잤다. 집이 먼 직원들은 퇴근 후 돈을 모아 근처 모텔에서 잤다. 모텔 대실비는 각자의 택시비를 모은 것보다 월등히 저렴했다. 허름한 모텔에서 고작 서너 시간을 보낸 직원들은 왠지 손해 보는 기분에 모텔용 공짜 음료수를 부득불 챙겼다. 탕비실에는 처음 들어본 브랜드의 생수와 비매품 딱지가 빨갛게 붙은 옥수수수염차가 넘치도록 있었다.

입찰에 성공하면 새 프로젝트를 준비하느라 밤을 새웠고, 유찰이 되면 왜 실패했는지 분석하느라 또 늦게까지 남았다. 밤샘 작업이 며칠씩 이어지던 날에는 직원의 부모님으로부터 항의 전화가 걸려오기도 했다. 신입 직원의 아버지였는데 그 전화를 받은 게 하필 나였다. 아버지는 이제 막 대학 졸업한 남의 집 귀한 딸 데려다 뭣 하는 짓이냐고 소리를 질렀다.

너희가 무슨 삼성급으로 월급을 주느냐, 하다못해 야근비를 챙겨주길 하냐, 왜 애를 며칠째 안 보내냐며 온갖 고함을 쳤다.

나는 이제 막 대학을 졸업해 삼성만큼 일을 시키지만 야
근비는 안 주는 막돼먹은 회사에서 근무하는 따님의 입사
동료라고 인사하며 아버지를 차근차근 달랬다.

'차라리 진짜 삼성이면 야근비라도 받지요.'

웃기게도 누가 흠씬 회사 욕을 해주니 속이 좀 나아졌다.
조금 보상받는 것 같기도 했다. 물론 진짜로 받을 수 있는
보상이란 아무것도 없었지만.

회사의 딱 하나 내세울 만한 장점은 휴가를 편하게 쓸 수
있었다는 거다. 프로젝트가 끝나면 직원들은 긴 휴식에 들
어갔다. 말이 휴식이지 본질은 요양에 가까웠다. 직원들은
이 시기에 병원을 오가며 침을 맞거나 고향에 내려가 엄마
가 해준 집밥을 먹거나 회사와 연락을 끊고 해외로 날랐다.
연차는 길게 이어붙여 쓸 수 있었기 때문에 짧으면 일주일,
명절까지 활용하면 보름 이상도 쉬었다.

자카르타 여행을 택한 것도 이때쯤이다. 당장 사표를 쓰
고 싶을 만큼 노동에 빠쳐있었을 무렵, 다행히 준비하던 프
로젝트가 성공했고, 나는 홀가분한 마음으로 휴가원을 제
출했다. 단언컨대 이때 휴가원이 반려되었더라면 당장 회사
를 때려치웠을 것이다.

인도네시아로 결정한 건 비행기 표가 싸면서도 그나마 덜 흔한 여행지였기 때문이다. 후보에는 태국이나 대만, 일본도 있었지만 너무 가깝거나 뻔한 나라는 싫었다. 개같이 번 돈을 흡족하게 써 마땅한 나라가 필요했다. 인도네시아는 적격이었고 내가 좋아하는 인도랑 이름이 비슷한 것도 결정에 큰 몫을 했다. 인도네시아의 수도가 자카르타라는 걸 처음 인지하며 티켓을 결제했다. 이 정도 돈을 무리 없이 소비하는 느낌은 꽤 좋았다. 직업을 가진 후 처음으로 느낀 돈의 맛이기도 했다.

자카르타까지 어떻게 갔는지는 기억나는 게 없다. 열흘 치 콘텐츠를 미리 만들고, 만든 결과물을 날짜별로 예약 거는 작업을 하느라 며칠 내내 밤을 새웠기 때문이다. 비행기에 타자마자 잠에 빠져들었는데 눈 떠보니 이미 소카르나하타 공항에 도착해있었다. 기내식을 건너뛴 최초의 비행이었다.

숙소에 도착해서는 잠만 잤다. 열여섯 시간 정도. 중간에 쉬가 마려워 깼다가 화장실을 다녀와 다시 잤다. 그러는 동안 여러 꿈을 꿨는데 무의식은 현실을 정직하게 반영했다. 꿈에서도 나는 회의를 하거나 클라이언트로부터 걸려온 전화를 받았다. 좆 같은 클라이언트는 금요일 퇴근 시간에 일을 던져주고 월요일 오전까지 시안을 보내 달라고 했다.
불가능하다고.
그 일은 우리 과업에 없는 사항이 아니냐 소리치고 싶은 걸 꾹꾹 참다가 잠에서 깼다.

　꿈에서조차 을인 나는 너무 싫었다. 비현실에서조차 '안 된다' 말하기 어려운 건 비루했다. 그래도 어쨌든 꿈이니까 좀 다행이다 생각하며 다시 잤다. 세상에 다시 잠드는 것만큼 쉬운 일은 없는 것 같았다.

　호텔 밖으로 나간 건 허리가 아플 만큼 자고 난 뒤였다. 그리고 배가 너무 고팠는데, 나는 잠드는 데도 에너지가 필요하다는 걸 처음 알았다. 한국에서 챙겨온 컵라면이 있지만 그걸로는 부족했다. 조금 더 양질의 것을 먹고 싶었다. 무엇보다 이제 바깥이 궁금했고 일단 돈을 쓰고 싶었다. 크기와 질감이 어색한 지폐를 주고받는 건 비로소 여행이 시작되었다는 가장 확실한 근거일지도 몰랐다.

　호텔 바깥으로 인파가 뜸하게 지나고 있었다. 호텔은 시내에서 한참 떨어진 곳에 있었다. 아무래도 타운으로 가는 게 좋을 것 같았다. 만 오천 원이 넘는 택시비를 들여 시내로 이동했다. 중간에 톨게이트도 지났다. 기사는 내릴 때 톨게이트비를 두 배로 불려 말했지만 모른 척했다. 실랑이를 하고 있기에 자카르타의 시내는 지나치게 매력적이었다. 어서 빨리 택시에서 내려 인파에 섞이고 싶어 죽을 것 같았다.

　인도인과 비슷하지만 다르게 생긴 사람들이 인도의 것과 다르지만 비슷한 모양의 음식을 먹으며 거리에 앉아 있었다. 히잡을 둘러쓴 무슬림 여자는 작은 보폭으로 종종 거리를 지나고, 그 여자 옆으로 코코넛 주스를 파는 상인이 호객을 했다. 건물 벽 곳곳에는 예쁘게 생긴 여자가 웃고 있는 포스터 위에 왠지 무슨 뜻인지 알 것 같은 인도네시아어가 화려하게 적혀 있었다.

맛있는 냄새를 풍기는 고기 꼬지 수레와 벌이 날아다니는 과일 수레 사이에는 길고양이가 눈을 가늘게 뜨고 낮잠을 잤다. 거리에 고양이가 아주 많았다. 어른 고양이도 있고 아기 고양이도 있고 아주 비싸 보이거나 한국에서도 많이 본 것 같은 흔하게 생긴 고양이도 있었다. 그것들은 인파 사이를 겁 없이 막 지나다녔는데 가끔은 동냥하는 홈리스들 사이에 누워 애교도 떨었다.

아주 마음에 드는 거리에서 나는 잠으로 하루의 절반을 날린 걸 후회하며 밥을 먹었다. 자카르타에서 처음 먹은 밥은 나시고랭이었다. 약간 간이 덜 된 간장밥 같은 맛. 입안에서 찰기 없이 마구 돌아다니는 쌀알을 혀로 쫓으며 다음은 어디로 갈지 고민했다. 식후에 마시는 콜라는 너무 맛있었다.

바깥은 아주 더웠지만 그래도 걷는 건 좋았다. 자카르타에는 바타비아라는 엄청 유명한 커피숍이 있는데 루왁 커피를 마셔보기엔 최적의 장소라며 파워 블로거들이 열심히 홍보하고 있었다. 바이럴 마케터들의 꼬임에 기꺼이 넘어갈 마음의 준비를 하며 나는 바타비아로 걸었다.

걷는 동안 비싸 보이는 건물과 다 쓰러져가는 판잣집이 번갈아 나타났다. 뚝뚝꾼들이 간간이 호객을 하거나 팔찌나 목걸이를 파는 아이들이 불쌍한 표정으로 주변을 맴돌다 사라졌다. 음악도 듣고 싶고 거리의 소음도 느끼고 싶어 이어폰을 한쪽만 꽂고 걸었다. 음악은 버블 시스터즈가 부른 '하늘에서 남자들이 비처럼 내려와'를 한 곡 반복했다. 시디 플레이어 세대에서 MP3 세대로 넘어가는 끝자락에 들었던 곡이다. 야자 시간에 교복 안쪽으로 이어폰을 통과시켜 몰래 들었던 무수한 음악 중 가장 신나는 곡을 선택해 박자에 맞춰 신나게 걸었다.

고개를 끄덕이며 리듬을 타는 우스꽝스러운 동아시아 여자를 보고 사람들은 피식피식 웃었다. 누구는 반갑게 손 인사를 해주기도 했다. 모르는 사람들에게 비웃음을 사거나 볼거리가 되어주는 방식으로 자카르타 여행은 조금씩 재미있어졌다.

카페는 광장 한가운데 있었다.

만국기가 휘날리는 바타힐라 광장에는 여러 인종의 사람들이 비눗방울을 불거나 사진을 찍거나 자전거를 탔다. 인도네시아인도 있었지만 자카르타에 사는 사람들 같지는 않았다. 바타힐라 광장은 머물러 살기보다 잠깐 왔다 사라지기에 적합한 장소였다. 외국인이 아주 많기 때문에 약간 이태원 같기도 했다. 그 가운데 있는 바타비아 카페는 대충 봐도 명소일 것 같은 모습이었다. 블로그를 검색하지 않았더라도 오가며 한 번쯤은 들렀을 법했다.

카페 안은 조용했다. 2층으로 연결되는 로비에는 카펫이 깔려 있고 벽면에는 잘못 건드렸다가는 큰일 날 것 같은 그림들이 빼곡히 걸려 있었다. 바닥부터 천장까지 온갖 값나가 보이는 것들이 가득했다. 작정하고 엔틱 콘셉트로 잡은 인테리어다. 음악은 조용한 클래식 위주로 나왔는데, 아는 것도 있고 모르는 것도 있었다.

손님이 별로 없는 이유는 메뉴판을 받자마자 바로 알았다. 음식값이 무지 비쌌다. 커피 한 잔이 현지인들 한 끼 식사보다 훨씬 비쌌다. 바타비아는 높은 가격을 벽처럼 세워 고급스러움과 고요함을 유지하는 곳인 것 같았다. 카페 손님들은 2층에서 사람들을 내려다보며 밥을 먹거나 커피를 마셨다. 밥값에는 여러 가지 특권과 기분과 공간에 대한 대가가 포함되었다. 어쩌면 비싸다고만은 할 수 없을지 몰랐다.

루왁 커피를 주문했다. 사향 고양이의 입과 위장과 항문을 통과해 나온 원두를 갈아 만들었다는 바타비아의 시그니처 메뉴. 잘 상상되지 않는 맛을 궁금해하며 밥값 이상의 돈을 지출하기로 결정했다.

커피를 기다리는 동안 와이파이를 연결했다. 업무를 인계받은 직원으로부터 메시지가 와 있었다. 휴무 때 받는 업무

연락은 달갑지 않지만 막상 나 없이 회사가 너무 잘 굴러가는 건 어쩐지 싫었다. 나의 부재에 쩔쩔매는 사람을 만나는 건 조금 흡족했다.

동료에게 답신을 보냈다.

그 파일은 어디에 있다고,
그럴 땐 이렇게 대답하면 된다고,
그건 언제까지 어디로 제출하면 된다고.

그녀는 1층 카페에서 커피를 마시며 야근하는 중이라고 했다. 오래된 소파에 앉아 아메리카노를 마시는 직원과 그녀의 정수리를 물끄러미 내려다보고 있을 뻐꾸기를 상상했다. 나도 이틀 전에 앉아 있었던 자리였다. 그녀는 회사에 비상이 터져 당분간 철야를 해야 할지도 모른다는 소식을 전했다.

동료들에게는 미안하지만 갑자기 일을 안 해도 된다는 사실이 너무 구체적인 기쁨으로 다가왔다.

자카르타에 머물 기간이 일주일도 넘게 남았다는 사실이 무럭 실감 났다.

잘 수 있고, 놀 수 있고,

지금은 커피만 홀짝이면 된다는 것도 좋았다.

인도네시아는 너무 더웠기 때문에 기뻐하는 와중에도 땀이 났다.

좋아서 어쩔 줄 모르는 사이 커피가 나왔다.

자카르타의 날씨만큼 뜨거운 커피였다.

창밖을 내려다보며 흙 맛 나는 커피를 호호 식혀 마셨다. 광장에는 자전거와 솜사탕 파는 상인과 지폐를 건네는 손님과 손짓 발짓을 하는 여행객들이 있었다. 노동의 대가로 받은 월급은 인도네시아에서 커피로, 나시고렝으로, 시간이나 공간의 형태로 다양하게 소비됐다. 맞바꾸기에 충분히 가치 있는 것들이었다. 모두 스스로 만들어낸 순간이기도 했다.

커피가 너무 맛있다고 느낀 순간,
갑자기 아주 많은 돈을 벌고 싶어졌다.
돈이 많다면 현실과 분리될 기회가 자주 생길 것만 같았다. 그건 상상만 해도 기분 좋아지는 일이었다.

어떻게 하면 좀 더 많이 벌 수 있을까?
문득 야근비도 받고 택시비도 꼭 받고 싶어졌다.
계속 돈이 있는 삶을 살면 행복할 텐데.
가능하다면 아주 많이.
그런 날이 언젠가 온다면 바타비아에 자주 와야지.
하지만 그날은 무척 늦게 오거나 어쩌면 안 올지도 모르기 때문에 나는 루왁 커피를 여러 번에 나누어 천천히 마셨다.

완전 망한 캄보디아 패키지여행

김해 공항에는 사람이 많았다.

대구 공항보다 크고 인천 공항보다 작은 공항에는 낮은 천장 아래로 비슷한 경상도 말씨를 쓰는 사람들이 바쁘게 도착하거나 출발했다. 인솔자와 나머지 멤버들의 도착은 아직이다. 바퀴가 두 개 달린 4박 5일짜리 캐리어를 끌고 내부를 천천히 걸었다.

이상하게 공항만 오만 배가 고프다. 대구에서 부산까지 오는 동안 곡식에서 추출한 열일곱 가지 성분이 들었다는 음료와 삼각김밥을 아침으로 먹었지만 그래도 배가 고파 음식 냄새를 찾아 곳곳을 기웃거렸다.

캄보디아 여행은 갑자기 결정했다. 퇴사 후 시간이 남아도는 자의 마땅한 선택인 SNS질을 하다 우연히 여행 광고 하나를 발견했다.

"캄보디아 씨엠립 4박 5일. 29만 원."

29만 원에는 왕복 항공권과 호텔, 앙코르 와트 투어와 세 끼 식사가 모두 포함돼 있었다. 저렴한 대신 출발 기간이 촉박했고 한 번 결제하면 환불은 불가했다. 상세 페이지를 자세히 읽었다. 매력적인 앙코르 와트의 석양과 맛있어 보이는 파인애플 밥이 차례로 나타났고, 체험해보지 않고는 못 배길 정도로 궁금증을 자아내는 수상가옥이 연이어 모습을 드러냈다. 몇 가지 옵션은 추가금을 내야 하지만 개당 4만 원이기 때문에 해볼 만했다.

두둑하게 받은 퇴직금에서 캄보디아 여행 경비를 가만히 셈해보았다. 가이드 팁과 몇 가지 추가금을 더하더라도 충분히 남는 장사였다. 저렴하고 알찬 구성은 매력적이었기 때문에 잠깐만 고민한 뒤 결제를 진행했다. 떠나기로 한 순간부터 이미 여행이 시작된 것 같았다.

게이트에는 사람이 빠르게 모였다. 여행사 로고가 찍힌 옷을 입은 남자가 피켓을 들고 서 있었다. 4박 5일 동안 함께 할 메이트들은 각자 오는 순서대로 반갑게 고개를 꾸벅였다. 다들 여행에 대한 기대로 표정이 밝았다. 여행자는 나까지 아홉 명이었다. 대부분 중장년층이지만 내 또래 여성도 두 명 있었다. 우리는 자연스럽게 나이대별로 6:3으로 뭉쳐 비행기에 탑승했다. 인솔자가 잘 다녀오라며 손을 흔들었다. 가이드는 캄보디아 공항에서 따로 만날 것이었다. 매일 공항으로 출근하지만 비행기에 오르지는 않는 남자를 남겨둔 채 우리는 천천히 이륙했다.

캄보디아로 날아가는 동안 또래 여자 둘과 서로에 대한 정보를 공유했다. 두 사람은 자매였다. 나보다 각각 6살과 4살이 많은 둘은 서로 안 닮았지만 각자 예뻤다. 까만 피부가 매력적인 첫째 언니는 말수가 적지만 성격이 화끈했고, 하얗고 마른 둘째 언니는 너무 착했다. 착할 선(善) 자가 사람으로 태어나면 이런 모습일 것 같았다. 왜 하필 캄보디아를 골랐냐는 말에 둘째 언니가 당연하게 대답했다.

"싸니까요."

저렴한 가격에 끌린 게 나뿐만이 아니라는 사실은 묘한 안도감을 주었다.

싸다는 말은 왠지 발음조차 가볍고 경쾌하게 들렸다.

우리는 먹거나 이야기를 하며 시간을 보냈다. 언니들과 나는 인도를 좋아한다는 공통점이 있었는데, 뉴델리의 더러움과 번잡스러움에 대해 이야기할 때는 셋 다 너무 싫지만 좋은 표정을 지었다. 가본 사람끼리만 공유되는 표정과 맞장구가 오가는 동안 에너지가 적당히 기분 좋게 소진되었다. 서로 모르기 때문에 더 편하게 할 수 있는 대화가 비행기 곳곳에서 탄생했다 사라졌다.

도착해서는 많은 것들이 바쁘게 진행됐다.

돈을 내고, 비자를 만들고, 짐을 찾아 바깥으로 나가는 동안 공항 안으로 밀고 들어온 동남아의 홧홧함이 빠르게 체온을 올렸다. 씨엠립 공항은 내가 가본 공항 중 가장 작은 바라나시 공항보다도 작았는데, 그러면서도 사람은 많았기 때문에 금방 지쳤다.

캄보디아 공항법상 가이드들은 내부 진입이 불가능했다. 때문에 언니들과 나는 나머지 여섯 어른들의 비자 절차를 각자의 방식으로 도왔다. 영어 할 줄 아는 젊은이들에게 어른들은 무척 기댔다. 나와 언니들이 여기저기 뛰어다니는 동안 어른들은 우리의 짐과 핸드폰을 안전하게 맡아주었다.

밖으로 나오자 한국인 가이드가 기다리고 있었다.

풍채가 좋고 서글서글한 인상의 그는 더웠는지 땀을 많이 흘렸다.

"부산에서 오신 분들이죠? 반갑습니다."

가까이서 본 얼굴은 캄보디아 현지인들만큼 까맸다.

색상이 달라진 피부는 타국에서 보낸 세월의 농도를 짐작게 했다.

준비된 버스에 타자 가이드는 여권을 제출하라고 말했다. 분실 시 모두의 일정에 피해를 줄 수 있으니 4박 5일 동안 본인이 맡아주겠다는 것이다. 조금 찝찝했지만 일리는 있었기 때문에 여권을 꺼냈다. 패키지여행이란 건 한 울타리에서 함께 굴러가는 것임을 새삼 실감했다.

여권 제출 후 가이드는 몇 장짜리 서류를 나눠주었다. 주의할 사항들과 옵션에 대한 내용이 적혀 있었다. 옵션은 10개 정도 있었는데 어쩐지 미리 체크가 되어 있었다.

"옵션은 제가 미리 표시해뒀습니다. 다들 이 정도는 하시니까 빨리 읽어보시고 맨 뒤에 사인해주세요."

옵션에는 납득되는 것도 있었지만 의문스러운 것도 있었다. 특히 평양냉면 먹기 항목에서 언니들은 고개를 갸웃했다. 흥미롭지 않은 옵션들이 각 항목당 4만 원에서 비싼 건 5만 원까지 책정되어 있었다. 사인하는 순간 최소 40만 원이 추가되는 일이었다. 가이드는 당장 출발해야 하니 얼른 제출하라고 재차 말했다. 어른들은 읽어보지도 않고 마지막 장을 펴 대충 이름을 적었다. 추가금을 제대로 인지하지 못하는 게 분명한데도 구렁이 담 넘듯 분위기가 흘러갔다. 이건 아닌 것 같다고 느끼는 도중 첫째 언니가 말했다.

"저희는 옵션 여섯 개만 할게요."

언니들이 선택한 항목은 내가 흥미를 가진 것들과 거의 일치했다. 가이드는 굳은 얼굴로 평양냉면 정말 안 먹어봐도 괜찮겠냐고 물었다. 언니는 캄보디아에서 4만 원이나 주고 평양냉면을 먹고 싶지는 않다고, 그리고 옵션 40만 원은 너무 부담스럽다고 말했다. 듣고 있던 어른들이 깜짝 놀랐다.

"네? 40만 원이나 해요?"

들떴던 공기가 묘하게 가라앉았다. 속인 건 아니지만 어쨌든 다들 배신감을 느끼는 게 분명했다. 대충 합의될 뻔한 옵션이 몇 개씩 지워졌다. 그동안 나는 가이드가 무서운 눈으로 첫째 언니의 정수리를 노려보는 것을 목격했다.

어쨌든 여행은 시작되었다. 옵션으로 25만 원이 추가됐지만 괜찮았다. 더 이상 불필요한 지출은 없을 테니까. 일정이 빡빡했기 때문에 바쁘게 움직였다. 우리는 정해진 한식당에서 밥을 먹고 일정을 소화했다. 가이드는 함께 밥을 먹지도 첫 만남 때처럼 웃지도 않았다. 그래도 어떻게 첫날의 일정은 잘 굴러가는 듯했다.

문제는 둘째 날 라텍스 매장에서 시작됐다. 의무로 들르는 쇼핑 코스 중 하나였는데 호객 행위가 짜증 날 정도로 심했다. 매장 직원들은 나이 좀 있는 어른들만 노렸다. 작게는 몇십부터 크게는 몇백이 넘는 제품들을 몇 명은 사고 또 몇 명은 거절했다.

집에 있다고도 해보고, 현금이 없다고도 해보고,

집에 들고 가기 벅차다거나 들고 가봤자 둘 곳이 없다는 말로 계속 거절했다.

그러면 직원들은 라텍스는 많으면 많을수록 좋다고,

현금이 없으면 카드도 된다고, 한국까지 국제 배송도 해드리며 공간에 맞춰 맞춤 제작도 가능하다고 달라붙었다.

정말이지 끈질기게 달라붙었다.

결국 큰소리가 나자 그제야 지켜보고 있던 가이드가 다가와 소극적인 태도로 말렸다.

가이드는 어제보다 더 기분이 안 좋아 보였다.

남은 일정을 이런 상태로 보내야 한다니.

어쩐지 좀 체한 것 같았다. 문득 씨엠립의 쨍한 햇살이 미치도록 아까웠다.

현지인들 사이에서 앉아 쌀국수나 한 그릇 하고 싶었다. 맛이 죽도록 없어도 상관없을 것 같았다. 패키지만 아니었다면 누릴 수 있는 자유가 무수했을 것이다. 저렴한 패키지 가격에 홀린 대가는 생각보다 가혹했다. 이탈하고 싶은 마음이 굴뚝같았는데 생각해보니 여권이 가이드한테 있었다. 만나자마자 여권부터 걷은 이유에 대해 생각해 보다 정신이 아득해졌다.

앙코르와트도 멋있고 밥도 맛있었지만 마음은 한시도 쉬지 않고 꾸준히 불편했다. 가이드는 예정에 없던 현지인 사진사를 불러다 관광지를 배경으로 사진 찍을 것을 강요했다. 사진사 고용비와 인화비도 우리의 몫이었다. 사진사가 갖고 있는 카메라보다 훨씬 좋은 DSLR이 내게 있었지만 험악한 분위기에 못 이겨 결국 옵션을 추가했다.

내 돈 주고 하는 여행인데도 기분이 무지 나빴다. 다들 같은 생각인지 이동하는 동안 점점 말하지도 웃지도 않았다. 공항에서의 설렘은 사라진 지 오래고, 모두 여행이 끝나기

만을 기다리는 것 같았다.

옵션 열 개 중 여섯 개만 선택한 여행자들은 몽땅 이런 취급을 받는 걸까?

가이드 팁과 침실 팁, 마사지사와 뱃사공과 사진사와 공연 연주자들의 팁까지 주라는 대로 다 주고도 푸대접은 계속됐다.

화룡점정을 찍은 건 넷째 날 상황버섯 쇼핑센터에서였다.

직원이 버섯의 효능에 대해 설명했는데 말을 어찌나 잘하던지 갑자기 하나쯤 사고 싶어졌다. 그녀는 한국에서는 절대 구하지 못할 특상품이라고 재차 강조했다. 그럴수록 할머니께 선물로 드리고 싶어졌다.

우리 손녀 장하다고 동네방네 자랑하겠지.

하지만 마지막에 가격을 듣고 깜짝 놀랐다. 버섯 한 팩에 100만 원이 넘었다. 그것도 1개월분 가격이고 효과를 보려면 최소 3개월은 먹어야 한다고 했다. 그보다 적게 먹으면 아무 소용이 없다고도 했다. 300만 원어치의 버섯이 부담스러운 손녀는 너무 무능한 것 같았다. 시무룩해하는 동안 직원이 나랑 언니들을 보며 말했다.

"다들 댁에 부모님 계시죠? 아휴, 부모님 오래오래 건강하게 사셔야죠. 직장인이실 텐데 이번 기회에 효도 한 번 제대로 하세요. 부모님 그리 오래 사시는 것 아닙니다. 언제나 여러분들 곁에 계시는 게 아니에요. 있을 때 잘하셔야죠."

이런 소리까지 들을 일인가.

엄청 불효막심한 딸이 된 것 같았다.

직원은 어른들도 노렸다. 갈수록 말을 심하게 했다.

요즘 백세 시대 아니냐고.

그런데 백 년을 건강하게 사셔야지 아파서 골골거리면 무슨 소용이냐고.

슬픈 말이지만 자식들도 아픈 부모 있으면 힘들다고.

길게 보면 300만 원이 결코 비싼 게 아니라고.

도저히 듣고 있기 힘들어 이만 나가보겠다고 했다. 조금이라도 더 있었다가는 험한 소리를 할 것 같았다. 내가 일어서자 언니들과 어른들도 슬금슬금 따라 나왔다. 직원은 당황한 것 같았지만 잡지는 않았다.

문을 열자 가게 앞에 가이드가 서 있었다.

그는 대놓고 짜증난다는 표정을 지었다.

따라 나온 센터 직원은 짓뭉개진 표정으로 고개를 절레절레 흔들었다.

그날 저녁, 야시장 투어를 계획했다. 언니들도 함께였다. 아무리 생각해도 이 여행을 버섯으로 끝낼 수는 없었다. 캄보디아를 증명할 무엇을 남기고 싶었다. 야시장은 숙소와 멀지 않았다. 걸어서도 갈 수 있지만 달리고 싶었기 때문에 뭔가 타기로 했다. 왕복 20달러에 뚝뚝을 섭외했는데 기사가

너무 좋아했다. 시세의 3배를 불렀기 때문이다. 우리를 보고
웃어주는 사람은 오랜만이었다. 출발하려는데 호텔에서 어
른 한 분이 뛰어나왔다.

"아가씨들 잠깐만요!"

반강제로 라텍스 제품을 구매한 사람 중 한 분이었다. 고
운 얼굴의 어른은 혹시 어디 가냐고, 놀러 가는 거면 따라
가고 싶다고 했다. 여행을 이렇게 끝내고 싶지 않은 사람은
우리뿐만이 아닌 듯했다. 어른은 비누 냄새를 풍기며 뚝뚝
에 올라탔다. 아이처럼 웃는 얼굴은 너무 좋아 보였다.

뚝뚝은 도로 위를 빠르게 달렸다. 엔진 소리가 커질수록
맞바람도 세게 불었다. 밤 장사를 시작한 가판 상인들이 거
리에 불빛을 밝혔다. 집으로 돌아가는 여자들이 한 손엔 보
따리를 한 손엔 어린아이의 손을 잡았다. 담배를 태우는 남
자와 구걸하는 할머니와 구운 옥수수와 현금을 교환하는
학생들이 빠르게 지나갔다. 달리면 달릴수록 숨통이 트였
다. 언니들 사이에 끼여 앉은 어른은 손잡이를 꼭 잡았다.
우리는 어쩐지 그분을 선생님으로 부르고 있었다.

"선생님! 재미있죠?"
큰 소리로 물으니 선생님은 깊이 끄덕였다.
"이렇게 나와보는 거 처음이에요! 맨날 무서워서 방에만

있었거든요!"

뭐라고 더 말했지만 듣지 못했다. 옆에서 첫째 언니가 뚝뚝 밖으로 팔을 내밀고 "으아아!" 소리를 질렀기 때문이다. 듣기만 해도 속이 시원해졌다. 그래도 선생님은 계속 말했다. 무슨 말인지 모르겠지만 계속 알아들은 척 하하 웃었다. 엔진이 탈탈 울리고 언니가 소리를 지르고 선생님이 말하는 동안 뚝뚝은 계속해서 앞으로 앞으로 달렸다.

야시장에는 사람이 많았다. 우리는 도착하자마자 이것저것을 샀다. 선생님이 가족들에게 줄 선물을 쓸어 담는 동안 언니들과 나는 각자 관심 있는 것을 했다. 언니들은 원피스나 신발을 구경했고 나는 오렌지 주스를 홀짝이며 자취방에 걸어두면 좋을 그림들을 구경했다. 화가들의 손에서 탄생한 캄보디아의 여러 풍경이 캔버스 안에 물끄러미 담겨있었다.

조금 비싸게 주고 그림 하나를 샀다.

톤레샵 수상가옥 위로 샛노란 노을이 떨어지고 있었다.

노란색은 행복했던 것만 기억하기에 좋은 색깔인 것 같았다.

선물 보따리를 잔뜩 끌어안고 펍에 들어갔다. 작정하고 돈 쓰러 온 여행객들에게 캄보디아 사람들은 친절했다. 펍에는 누구나 알만한 팝송이 흘러나왔다. 우리 말고도 외국인은 많았다. 그들은 각자의 언어로 떠들었다. 적당히 더운 저녁은 매력 있었다. 영어를 세련되게 구사하는 직원이 다가와 주문을 받았다. 선생님이 한턱 쏘겠다고 했다.

나이 든 사람이 껴서 미안하다고.

그럼에도 아가씨들이랑 노니 너무 좋다고.

캄보디아가 이렇게 재미있는 줄 몰랐다고.

네 사람의 머리 위로 커다란 선풍기가 힘차게 돌아갔다.

시원한 맥주와 먹음직스러운 안주가 나왔다가 천천히 사라졌다.

기분 상할 이야기는 안 하고 싶었지만 아예 안 할 수는 없었다. 언니들은 다시는 패키지여행을 하지 않겠다고 했다. 선생님은 다음번엔 아주 비싼 패키지를 하겠다고 했다. 그 사이에서 나는 언니들을 향해 고개를 끄덕였다. 선생님은 많이 마셔도 안 취했지만 취한 사람처럼 잘 놀았다. 그리고 많은 말을 했다. 자식 이야기, 남편 이야기, 그리고 마음이 상한 채 숙소에서 잠들어버린 여행 메이트 이야기.

"내가 이 나이에 언제 캄보디아에 다시 오겠어요? 아마 죽기 전에 다시 올 기회는 없겠죠. 아무리 생각해도 시간이 너무 아까운 거예요. 그래서 산책이라도 하려고 나왔는데 아가씨들이 딱 있는 거야. 얼마나 반갑던지."

우리는 그러냐고, 잘하셨다고.

우리 안 좋았던 일 다 잊고 오늘 저녁만 기억하자며 잔을 부딪혔다.

시간이 지날수록 손님은 더 많이 왔다. 인파에 섞여 나이를 잊고 마구 웃었다. 그러는 동안 맥주잔들이 수없이 올라갔다 내려왔다. 빛을 받은 맥주가 노랗게 반짝였다.

노랑은 역시 좋은 색이라고, 캄보디아와 참 잘 어울리는 색이라고.

그걸 늦게 안 것만이 오로지 아쉬울 뿐이라고 생각하는 동안 캄보디아의 마지막 밤이 천천히 천천히 지나갔다.

스위스, 하필 여기서 이별

스위스 여행은 갑자기 정해졌지만 챙길 게 많지는 않았다. 가방 안에 여권과 지갑을 넣고, 얇은 패딩과 운동화 한 켤레를 챙겼다. 가는 동안 심심할까 봐 책 몇 권을 집어넣고, 무겁지만 DSLR도 넣었다. 그래도 스위스니까. 그러고도 캐리어는 넉넉하게 남았다. 스위스가 덜 위험하면서도 많이 갖춘 나라임은 짐을 싸면서부터 실감했다.

비행을 앞두었지만 신나지는 않았다.

왜냐하면 남자친구와 곧 헤어질지도 몰랐기 때문이다.

우리는 일주일 사이에 두 번 헤어졌고 두 번 화해했다. 취리히로 가는 동안 하루가 지날 테고, 그러면 우리는 다시 이별하게 될까? 그리고 다시 사귀게 될까? 그걸 언제까지 반복할까? 끝이 보인다는 걸 알면서도 마침표를 찍지 못하는 건 그 애나 나나 마찬가지였다. 비행기는 이제 막 이륙을 준비 중이었다. 승무원 언니가 핸드폰을 꺼달라고 했다. 그 애로부터 올지 모를 메시지를 벌써부터 두려워하며 전원을 껐다. 어쩌면 아무것도 와 있지 않을까 봐 무서운 것 같기도 했다.

스위스는 너무 좋았다. 한국은 덥지만 스위스는 시원했

다. 숨쉬기도 편했다. 마음을 누르는 것들로부터 멀리 떨어진 나는 취리히의 풍경이 참 예쁘다고 생각하며 이것저것을 먹었다. 예쁜 카페에서 커피도 마시고 레스토랑에서 생각보다 아주 비쌌던 스테이크도 먹었다. 낮에는 대형 마트를 돌며 높은 물가에 놀라거나 한국 식재료에 반가워하며 시간을 보냈고, 퇴근 시간에는 인파에 섞여 느리게 걷는 식으로 여행자 티를 냈다.

맘에 드는 장소가 나오면 타이머를 맞춰놓고 사진도 찍었다. 비싸게 팔아먹을 만한 콘텐츠가 왕왕 나올 것 같았다. 카메라를 가지고 온 건 아주 잘한 일이었다. 각이 안 나올 때는 지나가는 현지인들에게 부탁했다. 스위스 사람들은 겉바속촉이었다. 안 해줄 것 같은 무뚝뚝한 표정으로 다가와 엄청 잘해 줬다. 따뜻한 손길을 가졌지만 웃지는 않았고, 굳은 표정으로도 말은 또 예쁘게 했다. 아주 인상적인 기질들이었다.

취리히 여행을 하는 동안 우리는 한 번 더 헤어졌다.
그리고 베른으로 넘어갈 때 다시 화해했다.
나는 여행에 집중을 했다가 못했다가 했다.
기분에 따라 스위스가 좋았다가도 안 좋았다. 왜 하필 이럴 때 스위스를 온 걸까? 그래도 당장 한국이 아닌 게 다행인 것 같기도 했다. 해결할 것들을 직면할 자신이 아직은 내게 없었다.

우리는 대학교에서 처음 만났다. 각자의 가장 친한 친구가 서로를 소개했다. 나는 한국 문학을 공부하는 인문대생이었고, 그 애는 수학 같기도 하고 과학 같기도 한 것을 배우는 공대생이었다. 우리는 1년을 친구로 지내다 연인으로 발전했다.

나와 그 애는 많이 달랐다. 같은 것을 보고도 전혀 다르게 생각했다.

한 번은 초저녁에 뜬 달을 보고 그 애에게 너무 예쁘지 않냐고 물은 적이 있다. 도서관에서 함께 공부하다 저녁을 먹으러 나왔을 때였다. 아직 밝은데 달이 뜬 것도 신기했고, 같은 하늘에 해와 달이 공존하는 것도 낭만적이었다. 그 애는 달을 보더니 흔한 자연현상이라고 말했다. 그러면서 저게 상현달일지 하현달일지 궁금해했다. 그때의 벙찐 내 표정을 그 애는 아주 오래도록 기억했다.

이것 말고도 우리는 다른 것이 많았다.

살아온 방식과 삶을 바라보는 시각과 친구를 사귀거나 꿈에 대해 갖는 애착 역시 그랬다. 그래도 같지 않았기 때문에 치명적으로 좋은 부분도 있었다. 말하기를 좋아하는 나에 비해 그 애는 들어주는 데 타고난 소질이 있었다. 그리고 머리가 아주 좋았다. 많은 것을 말하고 금방 잊는 나에 비해 그 애는 듣고 기억하기를 잘했다. 스치듯 했던 혼잣말도 모두 기억했다. 그 애가 내미는 선물이나 말들에 나는 자주 깜짝 놀라곤 했다. 내가 잊고 있던 순간들마저 그 애에게는 모조리 현재형이었다. 그러면서 내가 싫어하는 건 안 했고 좋아하는 건 어떻게든 해주려 노력했다. 나는 정말이지 많은 사랑을 받았다. 이런 사람을 다시 만나는 건 아주 어려울 거란 사실은 사귀는 도중에도, 그리고 이별이 성큼성큼 다가오는 지금도 나는 알고 있었다.

그 애의 손을 놓기 어려운 가장 큰 이유이기도 했다.

우리는 여러 번의 계절을 함께 보냈다. 안 맞는 시간표를 쥐어짜 같이 교양 수업을 들었고, 도서관에서 과자 하나를 소리 죽여 나눠 먹었고, 춥거나 덥거나 황량하거나 화사한 캠퍼스를 가로지르며 서로가 있는 곳으로 달려갔다. 그렇게 수십 번의 상현달과 하현달이 뜨고 지는 동안 우리는 졸업했다. 그 애는 서울로 떠나고 나는 대구에 남는 방식으로 직장인이 된 건 졸업 후 얼마 뒤의 일이었다.

베른은 오래된 도시였다. 낡은 건물들이 모여 거리를 이루고 그 오래된 역사 위로 무수한 인파가 걸어 다녔다. 베른의 구시가지에서 이것저것을 사 먹었다. 푸드 트럭에는 쌀국수도 커피도 젤라또도 볶음밥도 있었다. 무거운 마음이지만 어쨌든 관심 가는 것들을 했다. 조금은 신나도 될 것 같았다. 왜냐하면 아직은 이별하지 않았으므로.

베른은 취리히보다 마음 붙일 곳이 조금 더 많아 보였다. 베른의 곰 공원에는 팔자가 늘어진 생명체들이 여기저기 앉거나 누워 있었다. 곰들은 갇힌 것도 안 갇힌 것도 아닌 채 그냥 있었다. 사람들은 곰과 멀찍이 떨어진 자리에서 바라보거나 사진을 찍었다.

장미공원에도 올라갔다. SNS에서 지겹도록 봤던 배경이 바로 이곳에서 만들어진 것임을 뒤늦게 알았다. 처음이지만 너무 뻔한 풍경이었기 때문에 금세 시시해졌다. 나는 풍경 보기를 멈추고 모르는 스위스 아저씨와 함께 담배를 태웠다. 담배는 곰 공원 앞 편의점에서 샀다. 술과 담배 중 고민하다 후자를 선택했다. 어차피 나는 술을 못 마시는 사람이다.

스위스산 담배는 미친 듯 독했다. 점원한테 소프트한 걸로 달라고 부탁했는데 아무래도 소프트를 다르게 이해한 게 분명했다. 비싸고 해로운 일탈이 끝난 뒤 조금씩 조금씩 걸어 숙소로 돌아왔다. 내일은 벵겐으로 떠나야 할 것이다. 벵겐은 융프라우로 올라가는 길목에 있었다.

직장인이 되고 돈이 생기자 즐길 수 있는 것들이 무람없이 늘어났다. 그 애와 나는 서울과 대구를 각자의 방법으로 즐겼다. 대학 시절의 우리는 쓸데없이 부지런했기 때문에 주말에도 도서관에서 카페에서 빈 강의실에서 공부했다. 자격증도 따고 토익 공부도 했다. 통학 시간을 줄여보겠다고 기숙사 생활도 했다. 일주일에 7일을 만났던 우리는 갑자기 서로가 없어진 일상이 불안하면서도 좋아 어안이 벙벙했다.

그 애가 빠져나간 자리를 나는 일과 동료와 취미생활로

채웠다. 시간이 온전히 내 것인 것 같은 느낌은 나쁘지 않았다. 회사를 다니면서 심리 상담사와 학교폭력예방상담사 자격증을 땄다. 커피 바리스타 과정도 수료했다. 열심히 살던 관성은 직장인이 돼서도 유효했다. 그러는 동안 그 애는 안국역과 종로를 마음껏 누볐다. 친구도 금방 사귄 것 같았다. 원래 성격이 좋은 애였다. 그 애의 하루는 내가 잘 모르는 일과 친구와 술로 채워졌다. 남의 말을 잘 들어주는 성격은 남자들끼리도 통하는 듯했다.

　　각자 바쁘게 사는 동안
　　그 애가 몇 개월이나 해외로 연수를 다녀오는 동안
　　하루 두 번의 전화가 한 번으로 줄어드는 동안
　　통화가 카톡으로 대체되는 동안
　　카톡 답장이 늦어지는 걸 대충 이해해주는 동안
　　이별은 징검다리 건너듯 어쩌면 성큼성큼 우리에게 걸어오고 있었는지도 몰랐다.

　　벵겐에서 올라가는 기찻길은 너무 예뻤다. 쨍한 하늘과 눈이 따가울 정도로 밝은 연두색은 무슨 짓을 해도 카메라에 다 담을 수 없을 것 같았다. 만년설 아래로 하얗고 큰 짐승들이 뛰어다녔다. 초원 위에는 드문드문 작은 움막이 있었는데 그 안팎을 사람이나 개가 종종걸음으로 오갔다. 포토샵 포인터로 콕 찍어 소중히 담아 가고 싶을 정도로 고운 색감이었다. 시야를 채우는 위아래 모든 것들이 대단했다.

기차는 산맥을 돌아 천천히 올랐다. 알프스의 냉기가 훅 들어왔다. 추웠지만 창문을 닫는 사람은 아무도 없었다. 승객들은 창문 밖으로 몸통을 내밀고 사진을 찍었다. 이 기차는 원래 그러라고 만들어진 듯 창문이 상하로 쉽게 열렸다. 삐삐머리를 한 외국인 여자가 문밖으로 상체를 내밀고 팔을 뻗었다. 그녀의 남자친구가 여친의 인생 샷을 건져주기 위해 십분 애를 쓰고 있었다. 어떤 구도의 사진이 나올지 훤히 알 것 같았다. 스위스는 뭔가를 전시하기에 너무 적절한 배경이라고 생각했다.

내가 이만큼이나 잘 놀고 있다고

내가 이만큼이나 좋은 곳에 있다고

또 내가 이만큼이나 행복하다고

그리고 여자가 만족할 만한 사진을 건진 뒤 의자에서 내려오는 동안, 알프스 풍경에 놀란 승객들이 연신 감탄을 자아낼 동안, 스위스 벵겐에서 융프라우로 올라가는 그 어디쯤의 장소에서 그 애와 나는 완전히 헤어졌다.

손바닥에 선명하게 전해지던 핸드폰의 온도를 나는 아직까지도 또렷이 기억한다.

빌어먹게도, 그 좋은 스위스에서 빌어먹게도 말이다.

이후 나는 조금 아팠고 불면을 앓았고 언어로 설명하기 힘든 허무를 견디느라 몸과 마음이 닳았다. 아마 그 애도 그랬을 것이다. 우리는 어느 쪽도 잘못하지 않았다. 그 애와 나는 예를 다한 연인이었고 주고받은 이야기와 공유한 시간이 무수한 친구였다.

그럼에도 불구하고 그 애와 나는 헤어졌다.

믿음을 가장해 태만한 애정을 보내는 동안

각자의 변화를 방관하는 동안

20대였던 우리가 30대가 되는 동안

둘 중 어느 한쪽도 서로에게 적극적이지 않았던 까닭으로.

스위스가 오롯한 행복으로 남은 것은 훗날의 일이다. 만남과 헤어짐을 반복하는 동안 짬을 내어 구경했던 취리히, 무작정 걷다 발견한 곰 공원, 어설프게 피워 물었던 담배, 마주할 현실이 아득했던 베른의 밤. 그럼에도 불구하고 너무 예뻤던 벵겐과 인터라켄과 알프스의 호수.

시간은 약이었고 많은 것이 나았으며,

비로소 나는 우리가 헤어진 곳이 한국이 아니라 스위스여서 다행이라 생각했다.

우연히라도 지나칠 일이 없는 곳.

그래서 불쑥불쑥 네 생각이 날 일이 없는 곳.

이별마저 우리는 너무나 예쁜 곳에서 훌륭히 잘 해내었다고.

이제야 나는 그 애에 대한 글을 쓸 용기가 생겼다.

그리고 말하고 싶어졌다.

사랑에 게으른 애인이라 미안했다고

벚꽃 피는 교정을 함께 걸어주어 고맙다고

네가 나에게 보여준 모든 세상이 좋았다고

불안한 20대를 든든히 잡아준 건 분명히 너였다고

있는 그대로 예뻐해 주어 감사했다고

네 삶을 밀고 나가던 밝고 건강한 힘이

앞으로도 네 안에 쭉 유효하기를 기도한다고.

묵은 말들을 쏟아낸 덕분에 오늘은 아주 깊은 잠을 잘 수 있을 것 같다.

스위스가 비로소 스위스로만 남을 수 있을 것 같은 밤이다. 부디 그렇기를 빈다.

불가리아, 모르는 남자가 꽃을 건넸다

스위스에서 불가리아로 향하는 저가 항공은 폴란드를 경유한다. 폴란드의 수도가 바르샤바라는 사실은 스위스에서 표를 끊을 때 처음 알았다. 폴란드는 몇 시간만 경유했지만 모든 이미그레이션 과정을 다시 밟았다. 공항 직원은 많은 것을 물었다.

스위스는 무슨 일로 갔었냐고
불가리아에 연고는 있냐고
너네 나라로 돌아가는 표는 확보해놨냐고.

그러다 진녹색 여권을 뒤늦게 확인하고 별안간 사과했다.
"어 미안. 한국 사람이었군."

직원은 도장을 재빨리 찍어 건넸다.
심사 대상자의 국적과 질문의 농도는 어쩐지 연관이 있는 듯했다. 여권을 앞 가방에 챙겨 넣고 게이트를 통과했다. 심신이 몹시 피로했다.

불가리아 여행 역시 갑자기 결정했다. 곧장 한국으로 돌아갔다면 강연 하나를 더 할 수도 있었겠지만 들어온 청탁을 정중히 거절했다. 돈을 많이 벌고 싶음에도 그랬다.

지금은 일할 준비가 되어 있지 않았다.

오랜 연애를 막 끝낸 사람에겐 시간이 필요했다.

시시때때로 혹은 그보다 더 자주 떠오를 기억들을 견디고, 연결된 지인들에게 이별을 알리고 현실을 받아들이는 동안, 나는 아프고 쓰린 방식으로 소진될 것이 분명했다.

내가 그 남자를 알듯 그 남자도 나를 알았다. 이번만큼은 절대 서로를 붙잡지 않을 것이었다. 스스로 버텨낼 힘이 내게는 필요했다. 그 사이를 못 참고 쪼르르 그 애에게 달려가 버리지 않도록, 아닌 것을 더 이상 이어나가지 않도록, 서로를 위해 조금 더 현실과 분리된 채 있고 싶었다. 강연료와 클라이언트의 기대를 저버린 대신 얻은 불가리아행 표를 주머니 가득 움켜잡았다.

불가리아에는 친구가 있었다.

세계 여행자 박은 아시아 여행을 끝내고 유럽으로 넘어와 있었다. 나의 오랜 연애사를 알고 있는 박은 결별 소식을 듣자마자 장난스레 말했었다.

"우울하겠네. 불가리아로 와. 놀자."

박은 농담을 좋아했다. 그러면서 잘했기 때문에 그와 얘기할 때면 자주 웃었다. 박과 나는 성격이 정말로 안 맞았는데 그럼에도 관계를 유지할 수 있었던 건 그의 유머러스한 말들이 있었기 때문일 것이다. 그의 입담에 박의 곁을 맴도는 여자들은 아주 많았다. 불가리아로 오라는 말도 아마 농담이었겠지만 진짜로 나는 표를 끊었다. 한국이 아닌 곳에서 조금이라도 웃고 싶었다.

그런 식으로나마 나아질 마음이라면 정말로 좋겠다고 생각했다.

몇 개월 만에 만난 박은 그새 살이 빠져 있었다. 지방질이 적은 몸은 안 그래도 큰 키를 더욱 커 보이게 했다. 낡은 티가 나는 흰색 티셔츠는 전에도 본 적이 있었다. 박에게서는 떠돈 지 오래된 사람 특유의 나른한 분위기가 났다. 깎지 않은 수염과 까맣게 태운 피부는 남자 여행자들이 가질 수 있는 최고의 멋이었다.

나른한 남자와 며칠 전 이별한 여자는 공항에서 만나자마자 욕지거리를 주고받았다. 숫자나 영어 단어가 섞인 욕들은 어쩐지 우리 사이에서는 인사로 통용되고 있었다. 이상하게 평생 안 하던 욕도 박만 만나면 폭죽 터지듯 터졌다. 너무 자연스럽게 나와서 스스로도 가끔 당황했다. 그건 박도 마찬가지라고 했다.

공항 밖은 따뜻했다.

스위스가 생각나지 않을 만큼 좋은 날씨였다.

소피아에서의 시간은 괜찮았다. 혼자일 뻔한 시간을 박이

맞들어준 덕분이다. 박이 예약한 6인실 혼성 도미토리는 시설이 나쁘지 않았지만 자는 시간 외에는 머물지 않았다. 같은 방을 쓰는 서양인 남자의 발 냄새가 너무 심했기 때문이다.

'저렇게 섹시한 남자의 발에서 이런 공격적인 냄새가 나다니.'

약간 스컹크의 방귀 같은 느낌이랄까.

어쩐지 조금 비현실적인 기분이 되었다.

우리는 타운에서 밥을 먹거나 커피를 마시며 시간을 보냈다.

이발소도 들렀다. 박은 면도는 안 하지만 이발은 꼭 하는 남자였다. 그는 머리를 깎은 후 약간 단정하고 어색해진 모습으로 오래된 음반 가게를 기웃거렸다. 음반을 구경하는 김에 유리창에 비친 머리통을 요리조리 살피기도 했다.

우리는 조리되지 않은 산딸기나 블루베리를 생으로 씹어 먹으며 낡은 거리를 걸었다. 키 차이가 한 뼘이나 났기 때문에 박의 걸음을 따라잡다 자주 숨이 찼다. 종종걸음으로도 맞추기 힘든 속도였다. 그럴 때마다 뜬금없이 헤어진 남자친구가 불쑥 떠올랐다. 여행에만 집중하고 싶었는데 자꾸 마음이 곤란해졌다.

걔랑 걸으면 속도가 딱이었는데.

아이스크림이나 커피를 나눠마시며 걸어도 하나도 숨차지 않았는데.

하지만 그건 우리의 키 차이가 고작 8cm뿐이었기 때문이라고 세차게 폄하하며 생각을 끊어냈다. 그러면서 다짐했다.

다음에는 꼭 키 큰 남자를 사귀어야지.
키도 크고 걸음도 느린 남자를 만나야겠어.

다음이라는 단서가 붙자 갑자기 솔로가 됐음이 와락 실감
났다. 앞으로 다가올 기회들에 약간 설레기도 했다. 몇 년
만에 느끼는 기분이었다. 욱신거리던 마음이 조금 진정되는
것 같았다.

소피아 사람들은 친절했다. 마주치면 웃었고 어쩌다 부딪
히면 즉시 사과했다. 수도지만 중심지 특유의 번쩍임이 없었
다. 적당히 스며들기 좋은 분위기와 날씨와 사람들 속을 박
과 나는 빠르거나 천천히 걸었다. 아무래도 한국으로 바로
가지 않은 건 잘한 것 같았다.

며칠 후 소피아에서 플로브디브로 이동했다.
박과 나는 며칠간 플로브디브를 여행한 뒤 헤어질 것이었
다. 박은 불가리아 여행을 이어갈 것이고 나는 한국으로 돌
아가 일을 해야 했다. 조금 더 유럽을 즐기고 싶지만 강연을
두 개 연속 거절할 만큼 배짱 있는 작가는 못 되었다. 예정
에 없던 불가리아 여행으로 생긴 지출을 메꿔야 했고, 정기
연재 중인 신문사에 칼럼을 보내야 했다. 박과 나는 며칠 남
지 않은 시간을 재미있게 보내기로 했다.

그러면서도 둘 다 재미있기 위한 행동에 적극적이지는 않았다.

플로브디브에서의 일상은 소피아와 비슷하게 흘렀다. 우리는 뭔가를 먹거나 마시며 하루 대부분의 시간을 보냈다. 플로브디브는 작고 조용하면서 옹기종기한 동네였다. 파스텔톤 건물 사이사이에 예쁜 카페들이 많았다.

나는 전 남친과 헤어질 수밖에 없었던 이유들을 박에게 마구 나열하며 내 선택이 틀리지 않았음을 자주 주장했다. 말할수록 헤어지길 정말 잘한 것 같았다. 딱히 나쁜 남자는 아니었지만 어쨌거나. 어쨌거나 말이다. 대화를 알아듣는 사람은 주변에 아무도 없었다. 낯선 나라에서 마음껏 목소리를 높일 때마다 나는 우리가 단일어를 사용하는 민족임에 크게 감사했다.

박은 그리스에서 만난 어떤 여자에 대한 이야기를 자주 했다. 그는 낯선 여자에게 여러 선의를 베풀었음에도 어쩐지 막판에 크게 한 방 먹고 말았다. 그가 그리스에서 뒤통수 맞은 이야기를 하는 동안, 내가 이별의 당위성에 대해 여러 번 확인받는 동안 우리는 타코도 먹고 파스타도 먹고 라면도 먹었다. 괜찮은 카페도 자주 갔다. 플로브디브는 작은 동네였지만 그 안에 우리가 찾는 것은 모조리 있었다. 그러면서 저렴했다. 맛있고 싸고 친절한 동네는 너무 좋았다.

일정이 끝나갈 무렵의 오후였다.

평소처럼 걷다 아점 먹기 적당해 보이는 음식점으로 들어갔다. 동남아 음식을 파는 곳이었는데 푸드코트 먹고 싶은 걸 고를 수 있는 곳이었다. 가게 안에 손님은 우리뿐이었다. 박과 나는 각자 시킨 음식을 받아 자리에 앉았다. 볶음밥에 흐르는 윤기에 허기를 느끼며 핸드폰을 꺼냈다.

사진을 찍으려는데 마침 메시지가 왔다. 그리고 발신인을 확인하는 순간 몸이 얼었다. 숨이 잠깐 멈추는 것 같기도 했다. 절대 올 리 없다 생각한 사람으로부터 온 메시지였다.

손이 떨렸다. 심장이 빨리 뛰었다.

미처 다 읽을 용기도 없던 나는 스크롤을 내려 마지막 문장만 읽었다.

그리고 긴 메시지의 끝을 그 애의 목소리로 읽었다.

아직 너를 많이 좋아하는 것 같아.

조금 안도했다.

그리고 많이 슬펐다.

더 이상 앉아 있을 수가 없을 것 같았다. 먹거나 말하는 방식으로는 도무지 해결되지 않을 감정이 이쪽저쪽으로 마구 넘나들었다. 박에게 양해를 구하고 먼저 식당을 나왔다. 미안하지만 지금은 정말 혼자 있고 싶었다. 누군가와 있다간 무슨 짓이든 마구 해버릴 것 같은 기분이었다. 박이 여러 돌발 상황에 관대한 사람인 것은 다행이었다.

거리를 걷는데 울음이 마구 나왔다. 눈물이 고일 새도 없이 무지막지하게 볼 위로 떨어졌다.

욕할 때는 언제고, 잘 헤어졌다고 할 때는 언제고.

지나가던 어린아이와 노래하던 사람과 아이스크림을 파는 점원이 차례로 놀란 눈을 했다. 쨍한 햇살이 나무와 거리와 얼굴 위로 환하게 내렸다. 눈물이 번져 온 거리가 반짝반짝했다. 마음이 혼란하지 않았다면 너무 좋았을 오후였다. 여러 마음이 우르륵 밀려왔다 훅 사라졌다. 사라졌다가도 다시 몰려와 겨우 뛰는 심장을 꾹꾹꾹꾹 밀었다.

좋았던 날들이 머릿속을 차르륵 지나갔다.

변하기 전 그 애와 나는 참 예뻤다.

좋았지만, 예뻤지만,

이미 우리는 차이를 이겨낼 만큼의 에너지가 없는 사람들이었다.

그런 어마한 애정은 휘발된 지 오래였다.

이제는 스스로를 건져내야 할 의무가, 각자에게 있었다.

서 있기 힘들어 아무 벤치에나 앉았다. 그러는 동안 큰 개와 개의 목줄을 잡은 할머니와 여러 아이와 그들의 부모가 앞을 지나갔다. 사람들의 시선은 꼭 한 번씩 나를 스쳐 지나갔다. 아 진짜. 불가리아에서는 울기 싫었는데…. 꼴사납게 이럴 것이 뻔함에도 식당에서 휴지 한 장 챙겨 나오지 않은 부주의함을 탓했다.

　그때 떨군 고개 아래로 별안간 분홍색 장미꽃이 불쑥 들어왔다. 채 피우지도 못한 장미는 머리만 똑 끊긴 채였다. 고개를 드니 백발의 할아버지가 서 있었다. 외화에서 자주 본 것 같은 인자한 얼굴의 서양인 할아버지. 너무 천진한 얼굴을 보자마자 나는 말했다.

“No, I don't have any money.”
　젊은 현지인들이 듣고 하하 웃었다.
　할아버지는 영어를 못했다.
　나는 또박또박 다시 말했다.
“노 머니. 노 바이. 오케이?”

　그는 불가리아어로 뭐라 말하더니 허허 웃었다.
　답답한 것 같았다.
　미안하지만 내가 더 그랬다.
　그는 갑자기 손에 장미를 억지로 쥐여주고는 훌렁훌렁 떠나버렸다. 행동이 너무 빨라 잡지도 못했다. 멍청하게 뒷모습만 바라보는데 할아버지가 흘낏 뒤돌아봤다. 그는 멀리서 환하게 웃으며 손을 흔들었다. 그리고 곧장 건물 모서리 너머로 사라졌다. 나는 목 떨어진 장미꽃을 계속 들고 있었다. 너무 귀여운 일에 머리가 얼떨떨했다.
　얼마나 당황했는지 눈물이 멈췄다는 사실조차 몰랐다.

마음을 추스르는 동안 불가리아 여행은 천천히 마무리됐다. 박과는 많은 얘기를 했고, 마지막 식사를 했고, 숙소 앞에서 인사한 것을 끝으로 다음을 기약했다. 다음이 언제가 될지는 모르는 일이었다. 그의 여행은 아주 오랫동안 이어질 예정이기 때문에. 그저 언젠가 다시 만났을 때, 꼭 행복해져 있자고 서로 빌어주었던 것 같다.

　소피아로 돌아가는 버스 안에서 나는 불가리아로 오길 정말 잘했다고 생각했다. 그 애에게 냉큼 달려가 버리지 못할 만큼 충분히 멀어서, 신중해질 기회를 가져서, 그렇기 때문에 결코 후회하지 않을 자신이 생겨서. 사실 이것 말고도 불가리아는 충분히 예뻤으니까.

　나중에 이 불가리아 여행을 추억하면 나는 무엇부터 떠올리게 될까?
　소박한 공항, 따뜻한 날씨,
　오랜만에 만난 박, 울었던 거리, 커피, 사람, 꽃.
　아무래도 꽃이 제일 좋을 것 같았다. 이 여행에서 예상 못 한 것들 중 가장 마음에 드는 것이었으니까. 불가리아와 분홍색은 조금 잘 어울리는 것 같다 생각하며 등받이에 몸을 기댔다. 덩치 큰 버스가 소피아로 우릉우릉 달렸다.
　문득 불가리아까지 와서 요거트를 못 먹었다는 사실이 떠올랐다.
　물론 큰 문제가 되는 것은 아니었다.

이 죽일 놈의 인도가 좋은 이유

인도행 비행기를 탔던 날이 떠오른다. 겨울이었고 바깥에 사람이 없었고, 조용하고 황량했지만 그랬기 때문에 혼자만의 감상에 빠져들 수 있었던, 이르자면 적당한 감상을 갖고 떠나기 좋은 그런 날이었다.

인도는 첫 해외 여행지다. 중학생 때 제주도 여행으로 비행기를 타본 경험은 있으나 정확히 공중을 날아 대한민국의 영토나 영해 밖으로 이탈해본 적은 없었던, 완벽한 처음. 어떤 처음은 누군가의 인생을 바꿔놓을 만큼 지대한 영향력을 행사하기도 하는데 이 여행이 내게 그랬다.

덕분에 비행의 맛을 알았으니,

워킹홀리데이를 시도해 볼 용기가 생겼으니,

너무 좋아하는 나라가 생겼으니,

덕분에 여행 작가가 되었으니,

글로 이 여행에 대해 이야기할 기회를 가졌으니.

스물셋에서 넷으로 넘어가던 겨울, 나는 섣불리 인도 여행을 결정했다.

겨울 방학이 다가왔고, 공모전에 당선돼 자금이 생겼고, 무엇보다 폭삭 쓰러졌던 집안이 3년 만에 제자리를 찾던 시기였다. 그 3년 동안 내가 얼마나 많은 아르바이트를 해야만 했는지는 다른 글에서 여러 번 언급했기 때문에 여기서는 하지 않겠지만, 아무튼 생각보다 빨리 두툼해진 지갑과 서서히 때깔이 나기 시작한 가족들의 얼굴은 공모전으로 받은 상금을 한 번쯤은 나 자신을 위해 마구 써 재껴도 되지 않을까, 하는 마음이 들게 하기에 충분했다.

당시 대학에서 '인도 미술의 이해'라는, 이름만 들어도 절로 하품이 날 것 같은 교양 수업을 들었다. 국문과 학생이 미대에서 열리는 세 시간짜리 미술 수업을 들었던 이유는 수강 신청 눈치 싸움에서 완벽히 패했기 때문이다. 최대한 조별 과제가 없으면서 과제도 많지 않고 교수님이 덜 깐깐하면서 한 학기 시간표를 쫀쫀하게 연결할 만큼 황금 시간대에 편성된 교양 수업들은 전공 수업을 신청하고 허겁지겁 돌아와 보니 이미 내 자리가 아니었다. 꿀 빨 수 있었던 기회를 놓쳐버린 나는 어느 병신 같은 학생이 손가락을 잘못 놀려 수강 취소 버튼을 누르는 순간을 목격하는 행운이 찾아오지 않을까 하는 기대감으로 홈페이지를 배회하다, 결국 포기하고 '어쩔 수 없이' 차 교수의 인도 미술의 이해를 신청했다.

인도와 미술이라니.
잘 모르는 두 가지가 혼종된 끔찍한 강의명을 쳐다보며 약간 아득해졌던 그 순간이 아직도 눈앞에 선연하다.

차 교수는 미술을 좋아하는 사람이었다. 정확히 인도 미술을 사랑하는 사람이었다. 뽀얀 피부에 통통한 볼살을 가진 그녀는 수업마다 조금씩 다른 안경을 끼고 나타났는데 그 어떤 안경을 끼든 그녀의 짧은 커트머리와 너무 잘 어울렸다.

차 교수는 사실 교수는 아니고 강사였지만 그 어떤 교수들보다도 교수법을 잘 아는 사람처럼 강의했다. 차 교수는 불교 미술을 전공한 뒤 국내의 내로라하는 문화유산들을 관리하는 책임자로 활동했다. 간첩이 아니라면 절대 모를 수 없는, 아니 간첩도 그 정도는 공부해서 내려올 것 같은 큼직큼직한 것들을 관리하는 그녀는 정말이지 너무 멋있었다.

미술 수업이긴 했지만 예술과 종교는 어떻게 보면 한 몸에서 뻗어 나온 양팔과 같았기 때문에 우리는 인도의 미술을 온전히 이해하기 위해 그 나라의 역사와 문화에 대해서도 공부했다. 자칫 지루할 수 있는 그 파트는 차 교수의 인도 여행 이야기를 듣는 방식으로 대부분 채워졌다.

그녀는 20년 동안 불교 발상지인 네팔과 인도를 오가며 겪은 여러 천태만상에 대해 재미있게 이야기했다. 우리는 차 교수의 입에서 넘실대는 수많은 에피소드를 통해 인도의 본질에 대해, 집단성에 대해, 지역마다 다른 온도와 습도에 대해, 서남아시아 사람들이 가진 의식의 크기에 대해 짐작할 수 있었다. 차 교수의 말은 여러 학생에게 저마다의 깊이와 방향으로 흡수되었는데 놀랍게도 세 시간이 넘도록 어느 학생도 잠들지 않았다.

그녀는 누가 봐도 인도에 미쳐있는 여자였다. 어떨 때는 근엄하거나 진지한 표정을 짓기도 했지만, 인도에서 직접 겪은 어떤 이야기를 할 때는 좋아 죽겠다는 표정을 숨기지 못했다. 여기서 흥미로운 점은 차 교수의 모든 말들은 절대 재미있을 수 없는데 이상하게 너무 재미있다는 것이었다. 에피소드의 대부분은 이런 것들이다.

"바로 그때! 그 자식이 내 가슴을 만지고 튀었어요!"
"아무것도 모르고 500원짜리를 5,000원에 샀지 뭐야?"
"천장이 원래 검은색인 줄 알았는데 알고 보니 전부 벌레였더라고요."

그녀는 과장되지 않게, 그러나 생동감 섞인 표정을 유지하며 말을 이어가는 재주가 있었는데 덕분에 우리는 가본 적도 없는 뉴델리나 뭄바이나 남인도 땅끝 마을 어디쯤의 풍경을 쉽사리 상상하며 함께 웃거나 분노하거나 소름 끼쳐할 수 있었다. 그녀가 겪은 여러 일은 '에피소드'라는 말로 포장해 주기 어려운, 거의 '사건'에 가까울 정도로 심각한 것이 대부분이었지만 그럼에도 불구하고 우리는 차 교수가 인도를 너무 사랑한다는 것을 어렵잖게 느낄 수 있었다. 나는 차 교수를 보며 좋아하는 것을 직업으로 삼은 자의 얼굴은, 그러니까 덕업일치를 이룬 자의 표정은 바로 저럴 수밖에 없다는 걸 눈앞에서 목도했다.

여기서 의문은 '대체 왜?'라는 것이었다.

그러니까 거기가 왜 좋은데,

그런 나라를 왜 좋아해 주는 건데,

당신은 왜 20년 동안이나 인도를 놓지 못하는 건데,

어떡하면 그런 일을 겪고도 이렇게 웃을 수 있는 건데?

어째서! 지금 그 새끼가 당신 가슴을 만지고 토꼈다는데….

차 교수의 맹목적인 인도 사랑에 대한 의구심이 겹겹이 쌓여가던 어느 날, 나는 이슬람 건축 파트에 돌입할 때쯤 드디어 그것을 만나고야 말았다. 커다랗고 하얀, 뭔지는 알지만 정확히 뭔지는 모르는, 누군가에게는 상식이고 어느 누군가에겐 지식일 그 거대한 돌덩어리를.

"이게 타지마할이에요 여러분."

그 녀석은 불 꺼진 강의실 한 면을 새하얗게 채우며 극적인 모습으로 등장했다.

짜잔! 하듯이.

안녕! 하듯이.

커다란 스크린에 그것이 나타난 순간, 나는 어쩐지 인도에 대한 차 교수의 마음을 약간은 이해해버리고 말았다. 너무 좋은데 왜 좋은지 도무지 설명이 안 되는 그 감정을, 왠지 모르겠지만 죽기 전에 저건 꼭 한 번 내 눈으로 봐야 할 것 같은 알 수 없는 기분을.

그리고 태어나 처음으로 상상해보았다.

비행기에 앉아 있는 나를.

인도의 어느 번잡한 거리를 걷고 있는 나를.

스크린 속 타지마할이 아니라, 실재하는 그것을 눈앞에서 보고 있을 나를.

이때만 해도 몰랐다. 머지않아 내가 공모전에 1등으로 당선할 거란 걸, 그래서 인도 여행을 할 정도의 돈이 생길 거란 걸, 그리고 내 엄마가 그 여행을 흔쾌히 허락해 줄 거란 걸, 상상이 현실로 이루어지는 기쁨을, 머지않아 내가 맛보게 될 거라는 사실을.

비행기 좌석에 등을 기댔다. 심장이 불필요할 정도로 크게 뛰었다.

촌스럽게 왜 이래. 제발 처음인 티 내지 마!

나는 해외여행 처음 가보는 사람 티를 안 내고 싶어 하는 티를 무지하게 내며 드디어 이륙했다.

발밑에서 까마득하게 멀어지는 대한민국을 보며,

잠깐 잊어도 되는 현실과 안녕하며,

차 교수의 입을 통과해 내게로 전해진 인도의 모습이, 날씨가, 사람이, 타지마할이 정말로 그 자리에 우두커니 있을지를 무수히 상상하며 아득히 멀어지는 내 나라의 겨울을 내려다보았던 것 같다.

* 작가의 말 *

차 교수에 대한 이야기를 글로 표현한 것은 이번이 처음이다. 강연을 진행하는 동안 나의 첫 해외여행이 어떻게 이루어졌는지, 인도가 내게 왜 특별한지에 대한 질문을 셀 수 없이 받았지만 아무리 생각해도 차 교수에 대한 이야기를 빼고는 그 어떤 것도 설명되지 않았다. 글로 쓰는 내내 마음이 묵직했던 이유도 어쩌면 그녀에 대한 나의 기억을 훼손하거나 지나치게 과장하지 않기 위한 무던한 노력이 있었기 때문이리라.

먼지처럼 조금씩 쌓인 인도에 대한 궁금증과(나중에야 깨달았지만) 차 교수에 대한 동경과 어렸고 뭘 몰랐기 때문에 저지를 수 있었던 인도 여행은 바로 이런 과정과 이유로 시작되었다.

나는 차 교수를 알지만 그녀는 나를 모르기에, 지금 이 자리에서 약간은 헌정하는 마음으로 언급해본다. 2010년, 경북대학교 예술대학에서 인도 미술의 이해 수업을 두 차례 진행했던 차씨 성을 가진 여성. 지금은 중년의 나이가 되었을 그녀. 당신 덕분에 스물셋이던 어느 학생이 지금은 인도를 너무 사랑하는 여행 작가가 되었다고. 나 역시 당신처럼 인도를 너무 사랑하게 되었다고.

나의 세계를 이토록 넓혀준 당신을,

그 빛나는 얼굴을 10년이 지난 지금까지도 기억하는 어느 이가 대한민국에 존재하고 있다고 말이다.

친절하진 않지만 러시아

블라디보스토크를 방문한 건 몇 년 전, 그러니까 내가 본격적으로 아프기 전 어느 겨울이었다. 생일이 다가오고 있었고 친구들이 돈을 모아 비행기 표를 선물했다. 너는 추울 때 태어났으니 꼭 추운 나라에서 생일을 보내라고. 기왕이면 1년 내내 겨울인 나라였으면 좋겠다는 말도 덧붙였다. 사실 내 생일은 절기상 가을이었으나 어쨌거나 친구들의 성의는 고마웠기 때문에 가만히 받았다. 잘 다녀오겠다는 말도 잊지 않았다.

러시아 사람들이 그다지 친절하진 않다는 설명은 여러 번 듣거나 읽었다.

다녀와 본 동료가, 먼저 겪어본 여행자들이.

그래선지 공항에 내려 택시를 탈 때도, 내려서 숙소까지 찾아가는 길을 헤맬 때도 신기와 경멸이 반반씩 섞인 낯선 눈길을 자주 받았으나 아무렇지 않았다.

내가 아무렇지 않으면 정말 아무렇지 않을 일이 될 것이었다.

숙소는 광장과 멀지 않은 곳에 있었다. 걷는 걸 좋아하지만 너무 많이 걷는 건 싫기 때문에 일부러 어디서나 보이고 어디든 찾아갈 수 있는 곳으로 선택했다. 11월의 러시아는 추웠다. 보온 역할을 한다는 얇은 내복과 레깅스를 겹겹이 입었는데도 그랬다. 러시아인들은 숨길 것이 많은 사람처럼 발목이나 손, 목 등을 이런저런 것들로 감쌌다. 그 사이에서 나는 코트 한 장을 두른, 뭘 모르는 동아시아인인 채 숙소를 향해 걸었다.

내 옷이 러시아를 여행하기에 지나치게 부주의하다는 건 게스트하우스 직원이 깜짝 놀란 표정으로 말해주어 더욱 확실히 알 수 있었다.

"헤이 코리안. 너 그러다 얼어 죽어."

직원은 영어에 능숙했고, 외국인에게 친절히 말 거는 법을 잘 알았다.

큰 키에 하얀 얼굴, 밝은색 머리.

직원은 우리가 서양인을 생각했을 때 흔히 떠올리는 대부분의 것을 가진 여자였다. 그녀는 한국에서 김치를 먹어본 적이 있다고, 블라디보스토크에는 괜찮은 한국 식당이 많다고 설명해 주었다.

그녀의 안내에 따라 복도를 걸어 방으로 향했다. 숙소에는 네 명이나 여덟 명이 머물 수 있는 도미토리도 있었지만 나는 홀로 방을 쓰기로 결정했다.(그때는 몰랐으나) 나는 불면증을 앓고 있었고, 그 때문에 잠자리가 바뀌면 곧장 가위에 눌렸다. 깊게 잠들지 못하는 사람은 쉽게 지쳤고, 때문에 방에 들어가자마자 옷만 대충 갈아입은 채 이불 속으로 들어갔다. 로비와 복도는 외국 같았는데 막상 방으로 들어오니 한국에서 흔히 볼 수 있는 그저 그런 여관방 같았다. 눈에 익은 몰딩, 센스 없는 이불 색, 그리고 어디서 많이 본 것 같은 창문. 아무리 생각해도 실내 설계를 한국인이 맡은 게 틀림없어. 나는 약간 심드렁해진 마음으로 인스타그램을 열었다.

러시아 도착!

몇 장의 사진을 올리고, 밀린 카톡에 답장을 하고, 커뮤니티에 들어가 이런저런 글들을 읽다 잠이 들었고 이날도 나는 어김없이 가위에 눌렸다.

네 시간 정도 잔 뒤, 찌뿌드드한 몸으로 아침을 시작했다. 숙소비에는 조식이 포함되어 있지만 외국에서의 첫 끼니를 그렇게 해결하고 싶지는 않았다. 샤워를 하고, 적당한 화장을 한 채 조금은 그럴듯한 곳에서 이국의 무엇을 먹어야지. 숙소는 따뜻했고 뜨거운 물도 잘 나왔기 때문에 나는 오래오래 꼼꼼히 씻었다.

머리를 바짝 말리지 않고 나왔다는 사실은 숙소 현관을 열자마자 곧장 깨달았다. 물기가 남은 두피 속으로 러시아의 칼바람이 날아왔고 나는 피부가 약간 벗겨질 것 같은 느낌을 받으며 모닝 담배를 태웠다. 나처럼 숙소를 나서기 전

연초를 피우는 사람은 많았다. 계단 겸 흡연실인 공간에는 각기 다른 나라에서 온 사람들이 앉거나 선 채로 연기를 뻐끔거렸다. 누구는 멘솔, 누구는 시가. 냄새도 모양도 달랐지만 우리는 각자의 방식으로 아침 의식을 치른 뒤 인사 없이 헤어졌다.

비가 부슬부슬 내리고 있었다. 눈에는 보이지 않지만 피부로는 느낄 수 있는 비였다. 생각해보니 애초에 머리를 다 말릴 필요가 없었다. 러시아는 여러모로 불친절한 곳이니까. 사람도, 날씨도.

막상 걸으니 생각만큼 춥지는 않았다. 어제보다 많은 옷을 껴입었기 때문이다. 이런 기온을 가진 나라일수록 두껍게 한 겹을 입는 것보다 얇게 여러 겹을 입는 것이 도움이 된다. 캐나다와 미국 여행을 할 때도 이 사실을 알았더라면 얼마나 좋았을까. 스물다섯보다 7년의 세월을 더 살아낸 나는 더운 나라와 추운 나라를 조금 더 잘 여행할 줄 알게 되었고, 영어를 할 때 겁먹지 않았으며 잘못된 길로 들어섰을 때의 긴장과 설렘을 즐길 줄 아는 사람이 되었다. 이런 게 어른이 되어가는 과정이라면 나는 착실히 올바른 길로 가고 있으리라. 이런 생각을 하는 동안 여러 러시아 사람들이 곁을 지나갔고, 한 명의 동아시아인이 영어로 길을 물었고, 낯선 글자들이 가득 적힌 간판들이 무수히 나타났다 사라졌다. 러시아어는 글자라기보다는 거의 그림에 가까웠는데 어떤 것은 영어와 생김이 비슷해 괜히 따라 읽어보게 되는 매력을 가졌다.

  아점을 먹기로 결정한 식당은 넓고 낡았고 직원도 친절하
지 않았지만 내부가 따뜻했기 때문에 모든 부족함을 상쇄했
다. 그곳에서 나는 메뉴판을 받았고, 그림만 보고 오징어구이
와 만둣국을 주문했다. 온통 러시아어로만 적힌 메뉴판에서
그나마 생김이 친숙한 음식들이었다. 러시아 전통 음식이라는
만둣국은 중국집에서 먹던 것과 크게 다르지 않았지만 만두
와 국물이 따로 나온다는 점이 신기했다. 나는 젓가락으로 만
두를 하나씩 집어 먹다 이따금씩 숟가락으로 국물을 떠먹었
는데 나중에 직원이 "여기에 육수를 부어 먹는 거예요."라고
설명해 준 뒤에야 제대로 된 '러시아 만둣국'을 완성할 수 있
었다. 직원은 그릇에 만두와 국물이 온전히 담긴 것을 확인한
후에야 만족했다는 듯 카운터로 돌아갔다.

  따뜻한 것을 먹고 나오자 조금 든든한 기분이 되었다. 훨
씬 덜 추운 것 같기도 했다.
  길이 난 곳으로 걷거나 마음에 드는 곳에서 커피를 마시거
나 케이크를 먹는 식으로 시간을 보냈다. 광장은 생각보다 좁
았기 때문에 의도치 않게 동네의 랜드마크들을 자주 만났다.
  우두커니 선 동상, 바다, 백화점, 간판이 익숙한 음식점들.
  여행을 떠나기 전 책이나 블로그를 통해 미리 그 나라를
맛보는 걸 그다지 선호하지 않지만 최소 국제 미아가 되지
않기 위한 간단한 노력 정도는 했다. 대표 관광지의 위치나

의미를 알아보는 건 그중 가장 기본적인 일이었고, 덕분에 걷는 동안 트래블과 투어를 동시에 진행할 수 있었다.

러시아는 확실히 다른 나라들과는 달랐다. 인도나 스리랑카처럼 먼저 다가오는 이도 없었고, 외국인을 신기해하지도 않았으며, 때문에 누군가와 대화할 기회 역시 주어지지 않았다. 하지만 우연히 눈을 마주쳤을 때 웃어주는 것만큼은 여타 나라들과 다르지 않았다.

활짝 웃는 건 아니지만,

딱히 반가워하는 것 같지도 않았지만 어쨌든.

첫날 나에게 말을 건 사람은 딱 두 명.

놀이터에서 만난 러시아 아이들이었다.

피부색이라든가 언어의 차이 같은 것에 골몰하지 않을 나이, 충분히 외국인을 신기해할 나이.

그 아이들과 나는 그네에 앉거나 같이 미끄럼틀을 타며 시간을 보냈다. 아이들은 뭔가 말을 걸고 싶은 듯 우물쭈물했는데 나는 시간이 조금 지나고서야 그들이 내 이름을 궁금해한다는 것을 알았다. 가방에서 종이와 볼펜을 꺼내 영어 이름을 적어주었다.

JI-A. 한국어로는 '지아'라고 읽지만 러시아로는 어떤 발음인지 알 수 없었다.

아이들은 그저 고개를 끄덕이며 소리 없이 웃었다.

어느 나라를 가든 아이들은 순수하다. 어떠한 기준도 없이 보이는 대로만 보기 때문이리라. 나는 그들에게 만둣국을 제대로 먹을 줄 모르는 한국인도, 코트만 걸치고 러시아로 날아온 외국인도 아닌 그저 지아이기만을 바랐다.

둘째 날과 셋째 날은 약속이 있었다. SNS를 통해 알게 된 독자가 블라디보스토크를 여행 중이라고 메시지를 보내왔다. 그는 나와 직접 만나 이야기를 나누고 싶어 했고, 원한다면 러시아를 배경으로 스냅사진도 찍어주겠다고 했다. 그리고 내가 불편해할 것을 우려했는지 여자 여행자도 한 명 동행할 예정이니 걱정하지 말라는 설명도 덧붙였다. 흔쾌히 그의 청에 응했다. 관광지 투어는 전날 모두 마쳤고, 무엇보다 슬슬 외로웠다.

약속 장소에는 프로필 사진에서 보았던 남자와 처음 보는 여자가 앉아 있었다. 두 사람은 원래 한국에서도 아는 사이였는데 우연히 러시아 여행 일정이 겹쳐 며칠간 함께 있기로 했다고 했다. 두 사람이 머문다는 숙소는 광장에서 버스를 타고 가야 할 정도로 먼 곳에 있었다. 우리는 블라디보스토크에서 가장 유명하다는 해적커피에 앉아 아메리카노와 티라미수를 나누어 먹었다. 두 사람은 며칠 뒤 모스크바로 향하는 횡단열차를 탈 예정이라고 했다.

"가는 길에 바이칼 호수도 볼 거예요, 언니."

이제는 이름이 기억나지 않는 여자는 무람없이 맑았고, 때문에 나는 조금 더 편하게 두 사람 사이에 스며들었다.

여행할 때 딱히 일정을 정해두지 않는 나와 달리 두 사람은 계획된 플랜대로 움직여야 하는 스타일이었다. 그 이유에는 며칠 뒤 모스크바로 향하는 기차를 타야 한다는 사실과 한 번 이곳을 떠나면 언제 다시 올지 모른다는 아쉬운 마음이 포함되어 있을 것이다. 두 사람은 블라디보스토크 근교에 있는 여행지와 맛집으로 알려진 레스토랑 리스트를 갖고 있었고, 이 중 어디를 포기하고 어디를 선택할 것인지를 두고 자주 고민했다. 나는 이틀 동안 두 사람이 이끄는 대로 맛있는 것을 먹었고, 남자의 제안대로 스냅 사진을 찍었고, 혼자였다면 절대로 가보지 않았을 것 같은 여러 관광지에도 들렀다.

여자는 여행하는 내내 예쁜 마트료시카만 발견하면 눈을 반짝이며 쇼윈도에서 한참을 서성였다.

전 얘가 너무 좋아요, 언니.

마트료시카는 나무로 만든 러시아 전통 인형인데 인형을 위아래로 가르면 똑같이 생긴 인형이 여러 개 반복해서 나오는 구조였다. 비싼 것은 열 개도 넘게 나왔고 싼 것은 세 개에서 그쳤다. 인형 가게 주인은 크기가 클수록 비싸며 공장에서 찍어내는 것과 손으로 직접 제작하는 것 사이에서도 가격 차가 크게 난다고 설명했다. 어떤 것이 공장 인형이고 어떤 것이 공들인 인형인지는 말하지 않아도 알 것 같았다. 저렴한 것들은 양손이 짝짝이거나 아이라인이 삐져나오거나 위아래 패턴이 어긋나는 식으로 부실함을 드러냈고, 크기가 아주 크거나 반짝이를 많이 붙인 인형들은 한눈에 보아도 값이 꽤 나가 보였다.

여자는 그중 보랏빛 반짝이를 잔뜩 칠한 인형을 가리키며 가격을 물었다. 사장은 무심한 표정으로 계산기를 들어 숫자를 찍어 보여주었다.

"우와!"

인형의 몸값은 우리가 먹은 랍스터와 파스타와 맥줏값을 합친 것의 다섯 배를 웃돌았다. 여자는 조금 시무룩해진 마음으로 걸음을 돌렸다. 애초에 살 계획이 없었던 남자와 나는 전날 찍지 못한 스냅샷을 전봇대 아래서, 다리 위에서 마음껏 찍으며 낮 시간을 보냈다. 다행히 이틀 내내 비가 내리지 않았고, 때문에 우리는 마지막으로 에끌레어를 먹고 헤어질 때까지 젖지 않은 상태로 여행할 수 있었다.

두 사람이 떠나고 다시 혼자가 된 날, 나는 점심을 먹으러 한식당으로 향했다. 러시아는 너무 추웠고, 때문에 시도 때도 없이 뜨끈한 국물이 당겼다. 러시아 만둣국은 맛있었지만 여러 번 먹으니 조금 느끼했고, 무엇보다 새콤한 김치가 너무 먹고 싶었다.

김치나 된장이 얼마나 양질의 만족을 주는 음식인지는 한국을 떠나본 자라면 누구나 쉽게 알 수 있다. 타국에서 만나는 내 나라 음식, 그 냄새와 맛과 정서, 나는 혼자가 되자마자 부족해진 무엇을 채우러 이 동네에서 제일 비싸고 유명하다는 한식당을 찾아가기로 결정했다.

식당에 도착하자 안쪽에서 직원이 문을 열어주었다. 나이가 지긋한 러시아 직원은 내게 옷을 맡기겠냐고 물었다. 러시아에는 현관에서 코트나 점퍼를 벗어 직원에게 맡기는 특이한 문화가 있다. 아무래도 추운 나라고 내부에는 두꺼운 옷을 보관할 정도로 공간이 넓지 않기 때문에 편의적 차원에서 생긴 관습인 것 같았다. 나는 종아리까지 내려오는 롱코트를 벗어 직원에게 넘겼다. 직원은 별다른 말 없이 코트를 옷걸이에 건 뒤 자리로 안내했다.

며칠 사이에 나는 러시아인들 특유의 무뚝뚝함에 적응해 있었는데 이것도 받아들이고 나니 편한 점이 많았다. 우선 불필요한 말을 하지 않아도 되어서 좋았고, 때문에 억지로 웃거나 괜찮은 척하거나 즐거운 척할 필요가 없었다. 제2 외국어를 써야 하는 나로서는 말을 하지 않음으로써 생각할 시간을 많이 얻었고, 때문에 뭔가를 썼다 지웠다 하는 식으로 여행을 기록할 기회를 자주 가졌다.

러시아인들은 필요할 때만 친절했고, 그런 식의 교감은 이 나라만의 어떤 매력처럼 느껴지기도 했다.

이때 나는 한식당에 앉아 노트를 꺼내 이렇게 썼다.

아가리 묵념하는 시간. 너무 좋다.

김치찌개와 새우튀김을 마구 먹어치운 뒤 든든해진 마음
으로 식당을 나섰다. 옷을 맡아준 직원에게 두둑이 팁을
주는 것도 잊지 않았다. 따뜻하고 맛있는 음식은 여행자에
게 무엇을 보거나 어디론가 걸을 힘을 주었고, 그 때문에
나는 전날이나 그 전날 가보지 못한 골목 어귀를 열심히
돌아다녔다.

갑자기 많은 비가 내렸다. 혹시 몰라 챙겨온 페도라를 머
리 위에 눌러썼지만 곧 정수리가 축축해졌다. 갈 곳이 없
어진 데다 몹시 추워진 나는 광장에서 가장 큰 쇼핑몰로
들어갔다. 남자와 여자가 모스크바로 떠나기 전, 여행객들
이 기념품을 사기 위해 자주 들르는 곳이라 설명해 준 쇼
핑몰이었다.

러시아 쇼핑센터는 한국과 딱히 다를 것 없는 모습이었지
만 가격만큼은 크게 차이 났다. 한국에서는 삼천 원을 넘
게 줘야 먹을 수 있는 알룐까 초콜릿이 무려 천 원에 판매되
고 있었다. 당시만 해도 한국에서 보기 힘들었던 당근 크림
도 있었고, 유명하다는 풋 크림도 저렴한 가격에 올라와 있
었다. 나는 남은 러시아 현금과 선물을 건넬 만한 인물들의
머릿수를 가만히 셈해보며 카트에 이런저런 물품을 담았다.
오늘 저녁에 먹을 컵라면과 생수, 그리고 알 수 없는 언어가
적힌 젤리와 캔디도 샀다. 러시아 물가는 정말 저렴해서 많
은 것을 샀음에도 현금이 넉넉히 남았다. 공항으로 돌아갈
택시비와 다음날 식비를 제하고도 충분히 남을 금액이었다.

현금을 두둑이 가진 여행자는 조금 우쭐해진 마음으로 숙소로 돌아갔다. 블라디보스토크에서의 마지막 밤이었다.

마지막 날은 조금 분주했다. 체크아웃 시간을 계산해 일찍 일어나야 했고, 수하물 무게를 고려해 짐을 여기저기로 잘 분배해 정리해야 했다. 기념품을 너무 많이 샀기 때문에 캐리어에 공간이 부족해 나는 코트 두 개를 겹쳐 입는 식으로 억지로 자리를 확보했다. 카메라와 여권을 챙기고, 마지막으로 화장실에 두고 온 물건은 없는지 확인한 뒤 문을 닫았다. 복도 끝으로 연결된 로비에서는 외국인들이 뭔가를 만들어 먹는지 한창 복작한 소리를 냈다.

벌써 마지막이라니. 고작 닷새 머물렀을 뿐이지만 벌써 이 복도가 익숙했다. 직원에게 카트 키를 내밀자 그녀가 방문해주어서 고맙다며 악수를 청했다. 그녀는 내가 아는 한 러시아에서 가장 웃음이 많은 사람이었다.

그러다 그녀는 혹시 남은 러시아 현금이 있는지를 물었다. 팁을 요청하는 것일까 잠깐 고민했지만 까짓것 원하면 줄 수도 있겠다 생각하며 고개를 끄덕였다. 어차피 이 나라를 떠나면 한낱 종이 쪼가리에 불과할 것들이었다.

그러나 직원은 돈을 요구하는 대신 반대편 복도 쪽으로 나를 이끌었다. 묵직해진 캐리어를 카운터에 잠시 두고 그녀의 뒤를 따라갔다. 직원은 카펫이 깔린 복도를 총총 걷다 한곳에서 멈춰 섰다. 그곳엔 기념품을 파는 작은 쇼케이스가 있었다.

"남은 현금으로 이런 것들을 사는 사람들이 꽤 있길래요."

작은 유리 부스 안에는 러시아어가 적힌 배지나 티셔츠, 연필, 모자 같은 것들이 들어 있었다. 그중에는 빨간색 마트료시카도 있었다. 양쪽 눈이 삐뚤삐뚤하고 위아래가 맞지 않게 접합된 녀석이었다. 녀석은 조금 억울한 것 같은 눈으로 나를 멀뚱히 쳐다보았다.

"저건 얼마예요?"

직원은 그럴 줄 알았다는 듯 금액을 알려주었다.
두어 개는 넉넉히 살 수 있을 정도로 저렴했다.
그래도 나는 딱 하나만 사기로 결정했다.

"저거 하나 주세요."

안 그래도 터질 것 같은 캐리어를 억지로 벌려 녀석을 집어넣었다. 별로 예쁘지도 않고 나무 냄새를 많이 풍기는 빨간색 인형은 나와 함께 러시아를 떠나 한국으로 갈 것이었다.
남은 현금은 다음에 왔을 때 써야지.
과연 다음에도 러시아를 올 기회가 있을지는 모르겠지만, 어쨌거나.

친절한 직원이 조금 덜 친절한 택시 기사에게 나를 인계하며 손을 흔들었다. 춥고, 맛있고, 외롭고, 신기했던 러시아 여행이 끝나기 직전이었다.

고향의 봄과 창원

창원은 한국에서 가장 자주 방문한 지역이다.
출장을 밥 먹듯 갔던 서울보다
경상도 최대 관광지인 경주나 부산보다.

창원 사람들에게는 조금 미안하지만 나는 창원이라는 도시에 대해 전혀 알지 못했다. 경북인지 경남인지, 전라도인지 충청도인지도 감이 오지 않는 동네, 들어본 적도 없고 가볼 기회는 더더욱 없었던 지역, 그런 창원에 대해 약간의 이야기를 해볼까 한다.

창원은 경상남도에 있는 계획도시다. 한때 제일합섬을 중심으로 경상남도를 휘어잡는 산업도시였고, 위치적으로 부산과 근접해 있으며 지금은 마산과 진해와 통합되어 광역시에 맞먹을 규모가 되었다.

마·창·진 세 곳이 통합될 당시 지역 이름을 두고 각 주민들이 얼마나 치열하게 다투었는지는 룸메이트 진영의 부모님을 통해 자세히 들을 수 있었다. 진영의 어머니는 마산에서 나고 나란 토박이인데 애초에 마창진이 하나로 통합될 때부터 마음에 들지 않았지만 도시 이름이 창원으로 통쳐진다고 통보받았을 때는 분한 마음에 여러 번 가슴을 쳤다고 했다.

내 고향이 없어진다니, 마산이 사라진다니….

해당 통보에 분노한 사람은 많았고, 따라서 타협점을 찾아 지금은 '창원시 마산회원구 123-4'라는 식으로 표기된다고 했다. 합쳐졌지만 합쳐지지 않은 채로 마산과 진해와 창원은 조금 불안정하게 함께하는 중이다.

친한 사람이 나고 자란 도시나 다녔던 학교를 방문해보는 건 내 오랜 취미 중 하나였고, 그것을 아는 진영은 흔쾌히 고향 집으로 나를 초대했다. 진영은 마산에서 태어났고 이후 창원 소답동으로 이사해 10대의 대부분을 그곳에서 보냈다.

소답동 본가에 도착했을 때 나는 놀라지 않을 수 없었다. 진영네 집은 세단 두 대를 넉넉히 세울 정도의 마당이 있었고, 주택을 중심으로 앞, 뒤, 옆 텃밭이 있었고, 무엇보다도 집이 아주아주 넓었다. 그래선지 일반 아파트와는 조금 다른 구석이 많았다. 실례지만 여기서부터 진영네 아버지는 영상, 어머니는 옥선이라 칭하겠다.

영상은(그의 표현에 따르면) 경상도 시골 중에서도 특히 시골인 의령에서 태어났다. 여러 형제 사이에서도 특출나게 머리가 좋았던 영상은 어렵지 않게 국민학교를 졸업한 뒤 마산에 있는 한 중학교에 입학했다. 영상은 똑똑한 두뇌를 갖고 태어났지만 안타깝게도 집이 부유한 편은 아니었다. 여름엔 더위와 겨울엔 추위와 싸우며 어렵사리 생계를 이었다. 그는 학기 중에도 부모님을 따라 밭일을 거들었고, 형들과 동생을 챙겼고, 와중에 짬이 나면 스스로를 챙기는 식으로 10대와 20대를 보냈다.

모기와 벌레들이 우글거리는 의령 집에 사는 동안 영상은 자주 상상했다.

'만일 돈이 아주 많이 생긴다면 그때는 꼭 내 집을 지어야지. 나와 가족들을 보호하는 울타리를 만들어야지. 마당에는 나무를 심고, 그 아래 멋진 차를 세우고, 휴일이면 가족들과 산이며 들로 마음껏 여행을 떠날 거야.'

영상의 오랜 계획은 조금씩 실현되었다. 그는 컴퓨터 가게에서 일을 했고, 때마침 대한민국에 IT 붐이 일기 시작하면서 개인 사업장을 차렸다. 이 시기에 옥선을 만난 영상은 여자친구와 함께 밤낮없이 일했다. 회사가 커질수록 부는 축적되었지만 그만큼 할 일도 쌓였다. 두 사람은 각자의 삶을 지키느라 정신이 없었다. 창원이 산업도시로 크게 주목받고 있을 때라 더욱 그랬다. 영상은 전에 없던 부를 거머쥐었고 더 이상 밭일을 하지 않아도 되었지만, 시간이 없기는 마찬가지였기 때문에 여전히 바빴다. 훗날 영상과 옥선은 결혼했고, 두 사람의 신혼 생활이 어땠는지 자세히는 알지 못하지만 어쨌거나 현재와 미래를 건 사업을 지켜내기 위해 사력을 다했을 것이다.

그 사이에 떡두꺼비 같은 딸이 태어났다. 옥선의 아버지는 손녀딸이 빛나는 꽃처럼 자라길 바라는 마음을 담아 '빛날 진'과 '꽃 영'을 써 진영이라는 이름을 붙였다.

영상의 꿈이 실현된 것은 진영이 막 중학교 3학년이 되었을 무렵이다. 영상은 소답동에 있는 부지를 매입했고 그곳에 넓고 튼튼한 집을 지었다. 땅은 아주 넓었기 때문에 원하는 만큼 집 평수를 늘릴 수 있었다. 영상은 집 바닥에 원목을 깔고 벽면으로는 대리석을 세운 뒤 창살이 튼튼한 창문을 곳곳에 끼웠다. 화장실이 두 개나 있는 집은 당시에 흔치 않았고, 영상은 그 흔치 않은 일을 스스로 이루어내며 크게 기뻐했다. 차를 세울 마당을 확보하는 것도 잊지 않았다. 울타리 안으로는 몇 그루의 나무를 심었고, 나무 아래로는 양파나 파, 혹은 분꽃들이 자랄 수 있도록 크고 작은 텃밭도 만들었다. 영상은 더 이상 생계를 위해 농사를 지을 필요가 없었지만 그래도 텃밭을 보고 있으면 왠지 모를 평안을 찾았다.

소답동 울타리 안은 영상의 작은 세계였고, 그 안에서 옥선과 진영과 그의 동생 병환은 세상의 풍파로부터 오래오래 안전할 수 있었다.

소답동 집에 처음 방문했을 때 나는 집의 크기 말고 다른 것에 놀랐다.

영상과 옥선이 만취한 상태로 나를 맞았기 때문이다.

"어어! 진영이 왔나!"

'진'에 악센트가 들어가는 대구 사투리와 다르게 '왔'에 힘이 들어가는 경남 사투리는 많이 낯설었다. 영상은 흰색 러닝셔츠를 입고 한층 격앙된 상태로 우리를 안으로 안내했다. 나는 술 냄새를 맡으며 얼떨떨한 마음으로 영상의 세계에 발을 들여놓았다. 그것은 창원에 대한 나의 첫인상으로 오래오래 남았다.

첫 방문 이후 한 달에 한 번꼴로 소답동을 찾았다. 어떨 때는 기차로 어떨 때는 버스로 갈 때도 있지만 가끔은 병환이 차로 우리를 데리러 오기도 했다. 그때마다 영상과 옥선은 술에 취해 창원이나 마산에 대한 이야기를 앞다투어 들려주었다. 두 사람으로부터 들은 그 지역의 옛 풍경은 다음과 같다.

창원에는 바덴바덴과 고구려라는(지금은 사라진) 나이트클럽이 있었다. 제일합섬 직원들은 퇴근 후 바덴바덴이나 고구려에서 만나 술을 마시거나 춤을 췄다. 노동을 끝내고 마시는 소맥은 달콤했고, 그 안에서 경남의 청춘 남녀들은 자주 만나고 헤어졌다.

바덴바덴에 가지 않는 날에는 창동에 있는 술집에서 동료들과 회포를 풀었다. 현재는 상남동에 밀려 구시가지 정도로 취급받지만, 그때만 해도 창동은 대도시의 중심지 역할을 했다. 음주가무가 지겨운 날은 영화를 보았다. 마산에는 크지도 작지도 않은 영화관이 있었는데 두 사람은 꼭 입장 전 입구에 있는 땅콩집에 들러 땅콩 한 봉지를 샀다. 땅콩 없이 영화를 보는 건 왠지 절대 해서는 안 되는 일종의 룰처 럼 여겨졌다. 영상과 옥선은 땅콩을 오도독 씹으며 영화를 봤다. 옥선은 영화에 집중했지만 영상은 그렇지 못했다. 영 상은 옆자리에 앉은 애인을 신경 쓰느라 영화 줄거리를 하 나도 이해하지 못했고, 이 사실은 두 사람이 결혼한 후에도 아주 늦게야 말할 수 있었다고 한다.

가족을 이루고 부까지 거머쥔 영상은 낚싯배를 두어 대 샀다. 영상은 총각 시절부터 낚시에 큰 호기심을 느꼈다. 평 생 논과 밭에서 자라온 그에게 푸른 바다와 배는 큰 흥분 을 일으켰다. 영상은 옥선과 진영과 병환을 데리고 여러 바 다로 낚시를 다녔다. 그는 낚시에 소질이 있어서 일 년에 몇 번 볼까 말까 하다는 대어를 자주 낚아 들뜬 표정으로 사진 을 찍었다.

그는 진영과 병환에게 낚싯바늘에 미끼를 끼우는 법이나 줄을 당겼다 푸는 방법, 그리고 건져내는 타이밍 같은 것들 을 자세히 알려주었다. 배 위에서 잡은 것들은 대부분 네 사 람의 저녁거리가 되었다. 영상은 예리한 칼로 물고기의 배를 갈랐고, 뼈와 살을 살뜰히 발라낸 후 회로 먹거나 매운탕을 끓이는 식으로 식구들의 끼니를 책임졌다. 진영을 처음 만 났을 때 그녀가 물고기 이름을 신기할 정도로 많이 알고 있었던 것, 그리고 회 뜨는 방법까지 상세히 설명했었던 사실을 나는 기억한다. 그건 모두 영상과 옥선과의 뱃놀이가 있었기 때문이리라.

커다랗고 튼튼한 집 말고도 소답동에 대해 말할 거리는 더 있다.

소답동은 '고향의 봄'의 실제 배경이다.

나의 살던 고향은 꽃 피는 산골
복숭아 꽃 살구 꽃 아기 진달래
울긋불긋 꽃 대궐 차린 동네
그 속에서 놀던 때가 그립습니다

머리가 기억하지 않아도 입이 알아서 부르는 이것은 이원수라는 사람이 지은 곡인데, 여기에 대해서는 마산 토박이인 옥선이 신나게 설명해 주었다.

"원래 내 알라 때만 해도 소답동은 음청 잘 사는 동네였그든. 지금은 쪼매난 동네 같아도, 원래는 여가 창원 최고 부촌이었다 아이가. 한옥집도 많고 사이사이로 과수원도 을매나 많았다꼬. 그래가꼬 우리가 굳이 소답동으로 이사를 안 왔나."

옥선은 술에 취할 때마다 상남동으로 이사 가지 않은 것을 후회한다고 자주 말했지만 그래도 나는 그녀가 소답동에 대해 말할 때만큼은 진심을 다해 웃는다는 것을 알 수 있었다.

이름도 예쁜 소답동

고향의 봄의 배경이 된 곳

한때 부촌이었던 곳

그리고 영상의 세계가 있는 곳

그곳에서 나는 삼겹살도 먹고, 매실장아찌도 먹고, 진영이나 병환이와 마룻바닥에 드러누워 '아는 형님'이나 '미스터 션샤인' 같은 드라마를 보며 평온한 시간을 보냈다.

6년이 지난 지금 창원은 한 대구 여자의 또 다른 본가가 되었다. 이제 나는 진영 없이도 마산 시외버스 터미널에 내려 소답동까지 갈 줄 알고, 경남 택시 아저씨들의 난폭한 운전 솜씨에 익숙해졌으며, 팔용동이나 도계동, 중앙동에 있는 몇몇 커피 전문점이나 맛집들을 안다.

요즘은 마산이라 불러야 할지 창원이라 불러야 할지 모를 곳에 있는 창동에 관심이 생겼는데, 그곳은 현재 내가 쓰고 있는 단편소설의 배경으로 자주 등장한다. 창원에 내려갈 때마다 나와 진영은 창동 골목골목을 돌아다닌다.

아직 진해에 대해서는 잘 모르지만, 때문에 창원에 대해 다 안다고는 말하지 못하지만, 어쨌거나 창원은 너무 귀엽고 사랑스러운 동네기 때문에 섣불리 다 알아버리고 싶지 않은 동네로 내게 남아있다.

　올봄이 가기 전, 영상의 차를 타고 옥선과 진영과 병환과
함께 북면에 있는 미나리 삼겹살을 먹으러 가자고 해야겠다.
나는 영상의 가족이 아니지만, 그래도 네 사람은 나를 반겨
줄 것이다. 소답동은 원래 그런 곳이고, 영상네 가족은 취
한 듯 취하지 않은 듯 언제나 즐겁고 따뜻하게 사는 사람들
이니까.

전주까지 갔는데 말입니다

경상도 사람이 전라도에 갈 기회는 자주 주어지지 않는다. 가족 여행으로 여수 엑스포를 방문했던 일이나 직장 동료들과 잠시 맛집 투어를 다녀온 것 외에는 나 역시 별다른 방문 이력이 없다.

전주로 향한 건 출장 때문이었다.

축제 관련해 의뢰받은 건이 있었고, 마침 떠나기 좋은 가을이었기 때문에 겸사겸사 친구와 1박을 하기로 결정했다.

글쓰기를 업으로 삼기 전, 내가 아는 전라도 사람은 거의 없었다. 졸업한 대학교에 타 지역 학생들이 비교적 많은 편이었지만 그럼에도 전라도 출신은 희귀했다. 아무래도 경상도와 전라도 사이에는 보이거나 보이지 않는 어떤 막이 있는 것처럼 느껴졌다.

전라도 사람들을 만난 건 본격적으로 여행을 시작하고부터다. 여행 칼럼을 쓰거나 콘텐츠 만드는 것이 주 업무였던 나는 인도의 사막을 방문했고, 그곳에서 목포와 광주와 군산 출신 여행자를 만났다.

"아따, 이 느작 없는 새끼!"

낙타를 타고 사막 깊은 곳으로 들어가는 동안

모닥불을 앞에 두고 이런저런 게임을 하는 동안

차가운 모래에 누워 별을 보는 동안

나는 전라도 사람들이 나누는 말들을 노래처럼 들었다. 그들은 문장을 시작할 때 '있냐'라는 단어를 습관처럼 붙였다. 그건 경상도 사투리의 '있잖아' 정도로 치환되는 듯했다. 가령 '있냐잉, 니 그거 기억허냐' 하는 식. 그것 말고도 '그냐?' 혹은 끝을 올려 말하는 '이이' 같은 추임새가 있었다.

들다 보면 전라도 사투리에도 남도와 북도의 구분이 확실했다. 군산 출신 여행자는 사투리를 거의 안 썼지만 광주나 목포로 내려갈수록 억양이 구수해지거나 사용하는 단어나 표현에도 차이를 보였다. 특히 목포 출신 여행자는 대체로 뭔가 따거나 째거나 담그겠다는 농담을 자주 했는데 그건 정말이지 티비에서나 들던 표현이었기 때문에 들을 때마다 깜짝깜짝 놀랐다. 놀라는 것조차 실례일까 봐 최대한 몸을 들썩이거나 시선을 돌린다거나 하는 것도 조심했다.

고향에 대해 자신 있게 말할 수 있는 게 별로 없는 나는 전라도 사람들 특유의 음식 부심이 부러웠다. 남도의 삼합이나 여수의 간장게장, 토렴식 콩나물국밥이나 전라도 김치 같은 것들. 그것 말고도 역사라든가 문화라든가 예로부터 전해져오는 풍요들이 그 지역에는 많았다.

전라도는 음식 자부심이 강해 프랜차이즈 음식점을 가도 집집마다 맛이 다르다던데.

전라도에 대해 모르지 않는 만큼만 아는 나는 토박이들이 나누는 대화를 구전 설화 듣듯 섬겨 들으며 그 지역에 대해 가만히 상상해보았다.

일박을 하기로 결정한 숙소는 전주 터미널에서 멀지 않았다. 낮은 가격에 비해 평이 높은 호텔이었다. 호텔은 입구에서부터 고풍스러운 인테리어로 단박에 눈길을 사로잡았지만 당장은 일이 우선이었기 때문에 장비만 챙겨 숙소를 나섰다.

축제 현장에는 사람이 많았고 유명 인사들도 대거 참석하는 바람에 취재진으로 바글거렸다. 하늘에는 드론 몇 대가 파리처럼 떠다녔고 나는 인파를 헤집으며 계속 뭔가를 찍거나 썼다. 그러는 동안 두 시간이 지나갔다. 노동을 마치고 처음 먹은 음식은 비빔밥이었는데 몸이 노곤해서인지 입안에 씹히는 콩나물조차 달게 느껴졌다.

취재가 끝난 뒤 본격적으로 여행을 시작했다.

유명 맛집들을 따로 알아오지는 않았다. 본래 투어 리스트를 설계하는 성격이 아닐뿐더러 전라도는 어느 음식점을 가든 실패하지 않는다는 토박이들의 말을 믿었던 까닭이다.

전라도 초보답게 한옥 마을부터 천천히 돌아보았다. 한옥 마을에는 평일에도 사람이 많았다. 그중 절반은 외국인이었는데 그들은 색색의 한복을 입고 거리를 활보했다. 그중엔

중전 옷을 차려입은 남자도, 곤룡포를 두른 여자도, 기생처럼 꾸민 어린아이도 있었다. 온통 특이하게 꾸민 사람들 중 너무 평범해 보이는 우리는 소심한 마음이 된 채 콩나물국밥집으로 들어갔다.

전주식 콩나물국밥에는 삶은 오징어가 들어갔다. 기본적으로 약간의 오징어가 들어있긴 하지만 더 많이 먹고 싶다면 2,000원을 추가하면 되는 식이었다. 친구는 오징어를 추가 주문했고 나는 하지 않았다. 뚝배기는 곧장 나왔지만 어쩐지 이모님이 밥을 가져다주지 않으셨다. 우리는 공깃밥을 주실 때까지 기다리다가 문득 뭔가 깨닫곤 숟가락으로 뚝배기를 휘저었다. 뜨거운 김 사이로 통통하게 불은 쌀알이 모습을 드러냈다.

이렇게 또 관광객 티를 냅니다.

우리는 히히 웃으며 처음으로 따로 국밥이 아닌 토렴식 국밥을 먹었다.

전라도 콩나물국밥은 오징어가 있든 없든 맛있었다.

이후 우리는 먹으러 온 애들처럼 눈에 보이는 웬만한 것들은 대부분 사 먹었다. 닭꼬치도 먹고 다코야끼도 먹고 다방 커피도 마셨다. 한옥 마을에는 맛있어 보이는 게 너무 많았고 그것들은 대체로 비쌌지만 가격은 여행 기분에 만취한 이들에게 별로 중요한 부분이 아니었다. 우리는 다이어트 따위는 잠시 잊기로 하고 수제 팥빙수도 먹고 아이스크림도 사 먹었다.

이상하게 여행 중에는 먹어도 먹어도 배가 고팠다.

전주가 여행자들을 그렇게 만드는 것인지 아니면 우리가
이상한 것인지는 알 수 없었다.

전주에서 나는 선물을 받았다. 곧 생일이 다가오기도 했
고 한복이 갖고 싶다고 전부터 노래를 불렀던 사실을 친구
가 기억해내서이기도 했다. 우리는 전주역 근처에 있는 한복
집에서 예쁜 저고리와 치마, 두루마기들을 입어보았다. 그중
내가 가장 예쁘다고 한 보라색 원피스를 친구가 계산했다.
속 끈 두 개와 겉 끈 하나로 간편히 입고 벗을 수 있는 형태
였는데 왠지 평상시에는 절대 못 입을 것 같은 옷이었다.
　이런 옷일수록 선물 받으면 더 좋지.
　내 돈 주고 사긴 아깝지만 누가 주면 너무 좋은 거.
　친구는 지갑에 카드를 집어넣으며 생일 축하한다고 말했다.
　축하한다는 말은 언제 들어도 늘 벅찼기 때문에 고맙다는
말도 잊은 채 웃었다.

보랏빛 한복을 입고 숙소로 돌아오니 사장님이 너무 예쁘
다고 칭찬해 주셨다.
　얘가 사줬어요. 곧 제 생일이거든요.
　우리는 묻지도 않은 말을 하며 숙소로 올라왔다. 룸은 호
텔보다는 여관에 가까웠지만 아무래도 좋았다. 우리는 잠옷
으로 갈아입고 야식으로 사 온 치킨을 먹었다.

"여기는 뭘 먹어도 이렇게 맛있다야."

"그니까. 전주에 살면 살찔 듯."

친구가 다리를 먹고 나는 날개를 먹었다. 전주식으로 만들었다는 치킨은 튀김 옷이 두껍지 않아 좋았다. 쫄깃쫄깃한 게 약간 닭강정 같기도 했다. 배불리 먹은 뒤 우리는 침대에 아무렇게나 누워 이야기를 나눴다. 친구는 바로 누웠고 나는 친구의 배를 베개 삼아 모로 누웠다. 얘기를 하면 할수록 온통 먹은 기억뿐이지만 왠지 그것만으로 충분한 것 같았다.

그녀와 내가 놓친 전주의 여러 가지가 분명히 많겠지만,

분명 그렇겠지만.

친구가 작게 트림을 하며 말했다.

"그러고 보니 우리, 여기서 전라도 사람이랑 말해본 적이 없네."

"아? 진짜 그러네?"

"택시 기사님이랑 주방 이모님 말고는 전부 타 지역 사람이었잖아."

"맞아, 전부 외국인이거나 관광객이었지."

왜 그 생각을 못 했을까?

나는 사막에서 들었던 여러 가지 전라도 사투리를 기억해냈다.

있냐, 그냐, 허냐잉, 같은 것들.

정작 전라도에서는 듣지 못한 말들.

나는 어쩌면 전주가 약간 북쪽이라 사투리를 안 쓰는 건 아닐까도 생각해 봤지만 왠지 그건 아닌 것 같았다. 우리가 너무 관광지만 다녀서였을까. 친구는 잘 모르겠다고 했다. 다만 다시 전라도를 오게 되면 그때는 입 말고 귀를 좀 열자며 웃었다.

나는 귀도 열고 입도 열자고 대답했다.

전라도에는 맛있는 게 너무 많으니까.

왠지 그때도 우리는 먹기 바쁠 것 같으니까.

친구가 웃을 때마다 볼록하게 부른 배가 뒤통수를 둥둥 울렸다.

내 고향 반대편에서의 밤이 천천히 지나가고 있었다.

라오스에서는 아침마다 코피를 흘렸다

아침마다 코피를 흘렸다. 밥을 먹다가 흘리거나 씻다가 흘리거나 한 건 아니고, 침대에서 일어나 허리를 세우면 물처럼 주르륵 흐르는 식이었다. 처음에는 코피가 아니라 콧물인 줄 알았다. 너무 춥거나 더운 나라에서는 흔하게 그랬다. 비염이 있기 때문이다. 그러면 두루마리 휴지를 대충 뽑아 왼쪽 혹은 오른쪽 코에 꽂아 10분 정도 있으면 괜찮아지곤 했다. 그래도 안 되면 드라이기를 켜 온풍기 삼아 상체에 가져다 대고 있으면 곧잘 괜찮아졌다.

그런데 라오스에서는 콧물이 아니라 진짜 피였다. 코에서 빨간 액체가 흐르기 시작하면서 갑자기 앞이 안 보였고, 그럼과 동시에 속이 메슥거리면서 구토가 올라왔다. 그러면 나는 재빨리 다시 침대에 누웠다. 구역질을 참으며 코피인지 콧물인지 알 수 없는 것이 옆얼굴을 타고 베개로 흘러내리는 것을 느끼며, 그렇게 한 10분 정도 누운 채 숨만 쉬었다. 그리고 있으면 서서히 시야가 밝아지며 다시 앞이 보이는 것이었다. 정신을 차렸을 때 베개는 이미 피로 젖어 있었다.

젠장, 하필 시트가 흰색이야.

이건 아무래도 물어줘야 할 것 같다는 생각에 머리가 지끈지끈했다.

그나마 토는 하지 않아 다행인가?

근데, 나 어디 많이 아픈 건 아니겠지?

이런 10분이 지나고 나면 증상은 말끔히 사라졌다. 코피도 멈췄고 속도 괜찮았다. 그리고 뻣뻣하게 배가 고팠다. 뭔가 잘못돼도 단단히 잘못된 것 같았는데, 그래도 일단은 괜찮은 것 같다고 생각했다. 10분만 지나면 되니까.

나는 씻고 밥을 먹고 계속 라오스 여행을 했다.

비엔티안은 일단 너무 더웠다. 수도긴 하지만 그렇게 화려하진 않았고, 그럼에도 수도이긴 하기 때문에 늦은 오후만 되면 아스팔트 바닥에서 복사열이 마구 올라왔다. 그럴 때면 피부가 탱탱히 익는 것 같았다.

그래도 더운 것만 빼면 비엔티안은 괜찮았다. 라오스 사람들은 다정했고, 무엇보다 음식이 맛있었다. 비엔티안에는 괜찮은 한식당이 몇 있었는데, 그럼에도 너무 자주 들르지는 않았다. 마음에 쏙 드는 현지 식당이 있었기 때문이다. 한국 티브이 프로그램에도 소개된 적 있다는 그 식당은 쌀국수를 파는 곳이었는데 오픈부터 파장하기까지 늘 사람이 많았다. 앉자마자 곧장 음식이 나오고, 먹고 나서 바로 자리에서 일어나는데도 언제나 대기 줄이 길었다. 이렇게 대박적인 식당을 하나 운영할 수만 있다면 인생 정말 살맛 날 것 같다는 생각을 하며 나는 하루에 적어도 한 번씩 같은 곳을 갔다. 많을 때는 아침저녁으로도 갔다. 도가니 쌀국수는 아무리 먹어도 질리지 않았고, 그래서 신기했다.

라오스는 물가가 저렴했기 때문에 여행에 필요한 것들을 잔뜩 충전할 수 있었다.

부담스럽지 않은 크기의 샴푸와 린스, 치약, 치실, 오버나이트 생리대 같은 것들.

비엔티안은 잠깐만 머무르는 여행자를 위해 딱 며칠만 쓸 수 있을 것 같은 양의 소모품을 많이 팔았다. 물론 현지인들을 위해 한 달은 족히 쓸만한 크기도 있었다. 나는 큰 것은 배낭에 쟁였고 작은 것들은 모조리 보조 가방에 넣었다. 접이식 칫솔과 일회용 치약은 버스나 기차로 장거리 이동을 할 때 유용하게 쓸 수 있었다.

쇼핑을 마치고 나서는 곳곳에 있는 밀크티 부스에서 달달한 것을 사 마셨다. 하루는 새까만 타피오카, 하루는 투명한 젤리가 든 밀크티를 마셨다. 한 잔에 천 원도 하지 않는 라오스 밀크티는 웬만히 백화점에 입점해 있는 브랜드 밀크티보다도 훨씬 맛있었다. 이렇게 적당히 산책하고 적당히 더워하다 밀크티를 마시는 것으로 하루를 마감하는 일생을 살 수 있다면, 아마 남은 평생은 라오스에서 보내도 상관없을 것만 같았다.

비엔티안에서는 호텔이 아닌 게스트하우스에서 묵었다. 때문에 여러 여행자를 만날 수 있었다. 숙소에는 특히 유럽인이 많았는데 그 여자들은 하나같이 내게 관심이 많았다.

아이크림, 틴트, 조그만 헤어드라이기 같은 것들.

특히 틴트는 유럽인들에게 큰 관심을 얻었고, 그들은 하나에 만 원도 하지 않는 가격을 듣고는 크게 놀랐다. 언젠가 꼭 한 번 한국을 가야겠다고 말하기도 했다.

그중 몇몇은 눈이 마주칠 때마다 내게 안부를 물었다.

"너 괜찮니? 정말 괜찮은 거니?"

아침에 한바탕 코피를 쏟는 꼴을 봐서 그런 것 같았다.

병원은 가본 건지,

여행을 너무 오래 해서 그런 건 아닌지,

적당한 약은 가지고 있는지.

나는 병원을 갈 정도는 아닌 것 같다고, 원래 몸이 튼튼한 편은 아니라고, 정확히 어디가 아픈지 모르기 때문에 먹을 수 있는 약도 없다고 무심히 대답했다. 내가 무심할수록 그들은 다행이라는 표정을 지었다.

사실 나는 그러면서도 조금 걱정했다. "코피가 자주 난다면 뇌 기능에 이상이 생겼을 가능성이 있습니다."라는 말을 블로그에서 읽었기 때문이다. 나는 뎅기열을 앓은 적이 있고 불면을 달고 살며, 그 때문에 잦은 편두통에 시달리기는 하지만, 적어도 코피만큼은 잘 안 나는 인간이었다. 진짜 뇌에 이상이 생긴 건 아닐까? 하지만 진짜 병원에 갈 정도는 아닌 것 같았다. 그러기엔 너무 잘 먹었고 잘 걸었고 잘 쌌다.

그리고 여행자에게 병원이란 뭔가, 뭔가 좀 무서운 구석이 있다. 나는 인도와 스리랑카에서 응급실을 가본 경험이 있어서 되도록이면 병원은 내 나라에서만 가고 싶었다. 못 믿어서라기보다는, 아니 못 믿어서가 맞는 것 같다. 부족한 영어 실력과 얼마나 나올지 모를 병원비와 국적이 다른 나에게 씌울 바가지 같은 것들을 나는 믿지 못했던 것 같다. 그래서 병원은 최대한 안 가는 쪽으로 선택한 뒤 계속 비엔티안을 여행했고 매일 유럽 여행자들의 안부 인사를 들으며 아침을 시작했다. 정말 10분만 지나면 나는 괜찮아질 수 있었다.

비엔티안이 지루해진 건 아니지만 어쨌든 지역을 옮겨보기로 했다. 수도에만 벌써 일주일을 넘게 있었다. 대부분의 여행자는 비엔티안을 통해 입국했다가 방비엥을 여행한 후 라오스를 떠나는 것 같았는데 나는 그들과 조금 다른 루트를 선택했다. 방비엥은 액티비티에 미친 자들에게 큰 사랑을 받는 곳이었고, 나는 그런 식의 활기가 도는 곳은 좋아하지 않았기 때문에 약간만 시끄러운 곳을 찾고 싶었다.
그런 곳이 어디 있을까?
아무리 생각해봐도 떠오르는 곳이 없었다. 애초에 나는 라오스에 대해 아는 것이 별로 없는 인간이었다.

숙소 멤버가 추천한 대로 루앙프라방으로 가기로 했다. 루앙프라방은 비엔티안에서 버스로 열몇 시간 떨어진 곳에 있었다. 애매하게 대여섯 시간이 아니라 아예 밤을 새워야 하는 거리라 마음에 쏙 들었다. 가는 동안 밤 드라이브를 즐길 수도 있고 새벽을 지나야 하기 때문에 숙소비도 아낄 수 있다. 야간 이동은 내가 여행 중 가장 좋아하는 순간이기도 했다.

떠날 날짜를 정하고 프론트 직원에게 체크아웃 날짜를 알렸다. 직원은 이별을 많이 아쉬워했고 조금 우는 것 같기도 했다. 여행지에서의 시간은 일상과는 조금 다르게 흐르기 때문에 일주일은 그냥 일주일이 아닐 것이었다. 일곱 밤은 아주 긴 시간이고 우리는 그 사이에 많은 것을 했다. 함께 쌀국수를 먹고 담배를 피우고 진상 손님들을 욕하는 동안 직원은 내게 퍽 의지했던 모양이었다.

"울지 마. 나 다시 올 거야."
"정말? 한국 가는 거 아니야?"
"응, 루앙프라방 갔다가 다시 올게."
"우와! 근데 왜 다시 와?"
"도가니 국수 먹으러."

그녀는 내 말을 이해하지 못하는 것 같았지만 어쨌든 다시 볼 수 있다는 말에는 퍽 좋아했다. 비엔티안으로 돌아오면 우리는 함께 쌀국수를 먹으러 가기로 했다. 기약이 있는 헤어짐은 슬프지 않았다.

라오스 야간버스 시스템은 말도 안 되었다. 복층 구조의 버스는 복도를 기준으로 양쪽에 두 명씩 한 침대를 쓰는 형태였는데 침대가 좁아도 너무 좁았다. 이렇게 좁은 2인용 침대는 태어나 처음 봤다. 나처럼 혼자 온 여행자는 모르는 사람과 한 침대를 써야 하는데 문제는 상대가 랜덤이라는 점이다. 국적도 성별도 알 수 없는 상대와 온몸을 밀착한 채 12시간을 가야 한다고 생각하니 조금 까마득해졌다. 나는 검표원에게 두 명분의 돈을 내고 혼자 타겠다고 말했지만 거절당했다. 버스를 타려는 사람은 이미 너무 많았다. 어쩔 수 없어진 나는 재빨리 함께 누울 상대를 물색했다. 터미널은 어두웠기 때문에 혼자 온 여행자를 찾기 어려웠다.

무조건 여자, 되도록 깡마른 사람이면 좋겠는데.

그때 나와 비슷한 처지인 것이 분명한 동양 여자 하나가 눈에 들어왔다. 난감한 표정으로 주변을 두리번거리던 그녀와 눈이 마주쳤다.

우리는 서로 너무 반가운 것이 분명했다.

"같이 타실래요?"

여자에게 다가가 통성명도 없이 제안했다. 여자는 바로 승낙했고, 우리는 다행이라고 생각하며 버스에 올랐다. 처음 보는 중국 출신 여자와 나란히 누운 채 버스는 출발했다. 그녀가 안쪽, 나는 바깥쪽에 누웠기 때문에 나는 떨어지지 않기 위해 자주 신경 써야 했다. 여자는 베이징에서 태어났고 동갑이라는 정보만 제공한 채 곧장 잠들었고, 나는 버스가 덜컹거릴 때마다 그녀의 뜨거운 팔이나 다리, 머리카락 등을 간헐적으로 느끼며 계속해서 북쪽으로 달렸다. 이어폰에서는 소방차의 '하얀 바람', 변진섭의 '로라', 안치환의 '인생은 나에게 술 한 잔 사주지 않았다' 등이 연이어 나왔다. 얼른 잠들었으면 좋겠지만 그러지 못했다. 커다랗고 검은 버스에 갇혀 온몸이 흔들린 채 익숙한 음악을 들었다. 서른 몇 곡의 노래는 몇 번이고 계속 반복 재생되었다.

불면과 멀미와 싸우는 동안 버스는 서서히 목적지에 닿았다. 핸드폰 배터리가 걱정되어 음악을 껐더니 내부 소리가 너무 크게 들렸다. 이 층짜리 낡은 버스는 코끼리가 숨을 삼켰다 뱉는 것 같은 거친 소리를 냈고, 아침이 되어 잠에서 깬 여행자들은 저희끼리 웃고 떠드느라 정신이 없었다. 그들은 어느 나라에서 왔는지, 숙소는 어딘지, 함께 폭포를 보러 가지 않겠느냐는 등의 이야기를 나누었다.

루앙프라방에 폭포가 있었던가?

옆자리 여자에게 물어보고 싶었지만 그러지 않았다. 여자는 아침에 눈을 뜨자마자 이어폰을 꽂고 그녀만의 고요 속으로 기어들어 갔다. 낯선 얼굴로, 제2의 언어를 들이미는 방식으로 그녀의 고독을 방해하고 싶지 않았기 때문에 나는 폭포에 대해 묻기를 포기했다.

생각해 보니 폭포 따위는 봐도 안 봐도 그만이었다.

그렇게 생각하니 모든 것이 심플했다. 마음이 편안해졌다.

정류장에는 트럭을 개조해 만든 라오스식 뚝뚝이 많았다. 버스에서 내린 여행자들은 인사를 하거나 하지 않는 식으로 각자 뚝뚝을 타고 사라졌다. 나는 열두 시간짜리 메이트였던 중국 여자와 목례를 한 뒤 헤어졌다. 루앙프라방은 너무 좁기 때문에 아마 다시 만나게 될 것이지만 그렇지 않아도 상관은 없을 것 같았다. 우리는 서로에게 열두 시간 동안 잘 사용되었고 그것으로 나는 되었다.

루앙프라방은 비엔티안과 달랐다.

건물은 대체로 낮았고 하나같이 낡았다. 도롯가에 있는 집들은 그나마 나았지만 조금만 골목으로 들어서면 슬레이트를 지붕 삼은 오래된 가옥들이 우수수 나타났다. 곳곳에 무너져 내린 건물도 자주 보였다. 숙소로 향하는 골목에는 재래시장 같기도 하고 아닌 것 같기도 한 가판들이 늘어져 있었다. 가판 위에는 과일이나 생선, 육포 같은 것들이 마구잡이로 올려져 있었는데, 내가 슬리퍼를 끌며 지나갈 때마다 생선 속에 숨어있던 파리들이 화들짝 놀라 공중으로 날아올랐다. 그런 매대 앞에서 주인아줌마들은 어설프게 다리를 꼬고 앉아 꾸벅꾸벅 졸았다. 포장이 되지 않아 울퉁불퉁한 골목은 지린내와 비린내가 섞여 났고, 때문에 여러모로 걷기에 굉장히 불편했다.

아무래도 숙소를 잘못 잡은 걸까?

그런 생각을 하고 있을 즈음 바우처에 적힌 이름과 같은 건물 하나가 나타났다.

다행히 지붕이 멀쩡한 예쁜 건물이었다.

루앙프라방에서는 혼성 도미토리에 묵었다. 그건 정말 어쩔 수 없는 선택이었는데 신혼여행지로 유명한 지역인 데다 라오스 내에서도 관광지였기 때문에 괜찮은 방은 이미 다 차고 없었다. 남은 1인실은 십오만 원이 훌쩍 넘었다. 언제 떠날지 알 수 없는 여행자는 하루에 십오만 원을 마음껏 쓸 수 없었다.

안내된 방은 사진에서 보던 것과 크게 다르지 않아 다행이었다. 작은방에 이층 침대 세 개가 빼곡히 있고 침대와 침대의 좁은 틈 사이로 기다란 락커가 놓여 있었다.

"하이!"

방문을 열자 상의를 탈의한 남자가 반갑게 인사했다.
검은 피부가 매력적이었다.
나는 확신에 찬 표정으로 대답했다.

"나마스떼!"

남자는 눈구멍과 입구멍을 힘껏 확장시키며 물었다. 어떻게 알았지? 나는 딱 보면 안다고 말했다. 그리고 한 마디를 더 던졌다.

"힌두교도네."

남자는 흥미롭다는 얼굴을 감추지 않았다.

"인도에 가본 모양이지?"

"가보기만 했겠니, 책도 썼는걸."

"와우! 어디 어디 가봤는데?"

"글쎄 아마 너보다 더 멀리까지 가봤을걸?"

나는 뉴델리와 뭄바이, 고아, 벵갈루루, 마두라이, 다즐링, 바르깔라 등을 읊었다. 그럴 때마다 남자는 계속해서 놀랐고, 내가 땅끝 마을이자 힌두교도들의 성지인 깐야꾸마리를 언급했을 때는 끝내 소리를 질렀다.

"미친 거 아니야?

거긴 힌두스탄인 나도 아직 못 가봤다고!"

인도가 너무 좋은 나와 뉴델리 출신인 그는 금방 친구가되었다. 남자는 어릴 적 인도를 떠나 토론토로 유학을 갔다고 했다. 그래선지 인도인 특유의 영어 발음을 사용하지 않았다. 물 흐르듯 자연스럽게 이어지는 그의 영어를 들으며나는 그가 토론토에서 보냈을 시간에 대해 가만히 상상했다. 너무 유색인종이었을 어린 인도 남자의 캐나다 생활에대해서.

토론토는 나 역시 가본 적이 있는 곳이자 여러 차별을 당한 곳이기도 했다. 남자는 파키스탄 출신 친구와 함께 여행중이었고 여러 질문이 오고 가면서 우리 셋은 어렵지 않게 친해졌다.

"너네 둘은 어떻게 친구가 됐니?
인도랑 파키스탄은 원수지간인데."

두 사람의 조합은 당연히 신기했다. 인도와 파키스탄은
내전이 빈번하며 문화도 종교도 달랐다. 두 남자 역시 각자
힌두교도와 무슬림인 것처럼, 나의 물음에 두 사람은 지난
한 캐나다 생활을 회상했다.
무수히 놀림당했던 영어 발음에 대해
날마다 원망했던 까만 피부에 대해
서남아시아인의 작은 체구에 대해
몸에서 나던 커리 냄새와 그로 인해 받았던 냉대에 대해
극심히 앓았던 향수병에 대해

"안 친해질 수가 없었지. 학교에서 우리 둘만 왕따였거든."

외로움은 국적과 종교를 뛰어넘어 두 사람을 붙여놓았다.
캐내디언들 사이에서 살아남는 동안 겪은 사건들이 하도 많
아 두 사람은 자주 몸을 떨었다. 나는 놀라거나 고개를 끄
덕이는 식으로 공감했다.

두 남자는 캐나다에 있는 동안 고향에서는 상상도 할 수 없
는 짓들을 많이 했다고 털어놨다.

이를테면 육식 같은 것들.

캐내디언은 미웠지만 토론토에는 맛있는 게 너무 많았거든. 그래서 돼지고기도 먹고 소고기도 먹었어. 우리나라에선 상상도 할 수 없는 짓이지. 그런데 뭐 어때, 어차피 부모님은 인도에 있고 나는 캐나다에 있는걸. 힌디 대신 영어를 배우느라 그 개고생을 하는데 육식 좀 하면 어때. 안 그래?

나는 그렇다고 대답했다.

숙소에는 테라스가 있었고, 우리는 낡은 의자에 나란히 앉아 맞담배를 피웠다. 나는 비엔티안에서 산 에쎄를, 두 사람은 직접 만든 잎담배를 피웠다. 연기의 냄새가 담배와 다소 달랐지만 나는 모르는 척하기로 했다.

힌두스탄 친구와 무슬림 친구가 떠난 후, 방은 곧 다른 사람들로 채워졌다. 말이 없는 자, 말이 너무 많은 자, 그러면서도 쓸데없는 호기심으로 여럿을 불편하게 하는 자들이 마구잡이로 하루, 혹은 이틀을 머물다 사라졌다. 다행인지 루앙프라방에서는 코피가 심하지 않았다. 이틀에 걸러 한 번은 지옥의 10분을 보내긴 했지만 앞이 보이지 않는 시간도 점점 줄었고, 피의 양도 티 나게 적어졌다. 이유 없이 나타난 증상은 까닭 없이 사라지면서 조금씩 안도를 주었다.

두 명의 여자가 나타난 건 며칠 후였다. 시끄러운 이스라엘리들 사이에서 고통의 밤을 보낸 다음 날 아침이었다. 유난히 행동이 조심스러운 여자 하나와 조금 여장부 같은 여자 하나가 차례로 방으로 들어왔다. 누가 봐도 일본인이었고, 두 사람 모두 배낭 대신 캐리어를 끌고 있었다. 먼저 들어온 여자는 나를 보고 목례했고, 뒤이어 들어온 여자는 약간 고개를 갸웃거리더니 쾌활하게 인사했다.

"니하오?"

코피가 나지 않은 얼굴을 매만지며 나는 대답했다.

"곤니찌와."

여자는 갑자기 반가워 죽겠다는 얼굴로 알아들을 수 없는 말을 마구 쏟아내기 시작했다. 무슨 뜻인지 모르겠지만 어쨌든 모조리 일본어였다. 불필요한 상황을 최소화하기 위해 나는 얼른 말을 끊고 다음 말을 했다.

"쏘리, 와타시와 칸코쿠진데쓰."

조심스러운 여자는 일본인 특유의 간드러지는 억양으로 "에에~?" 했고, 여장부는 재빨리 사과를 건넸다.

"미안합니다. 중국 사람이라고 생각했스므니다."

여장부와 나는 서로의 언어를 비슷한 수준으로만 할 수 있었다. 거의 못 한다는 뜻이다. 때문에 우리는 영어로 소통하는 것에 암묵적으로 동의했다. 조심스러운 여자의 이름은 '아야', 안 조심스러운 여자의 이름은 기억나지 않기 때문에 적당히 '나미꼬'라고 칭하겠다.

아야와 나미꼬는 영어를 아주 잘했다. 거의 외국에 살다 온 수준으로 발음이 좋았고, 내가 대충만 말해도 너무 잘 알아들었기 때문에 대화하기 편했다.

두 사람은 같은 대학에 다니는 동기라고 했는데 단짝이라고 하기에는 성격이 너무 달랐다. 아야는 매사에 조심스러워 질문을 하거나 대답을 할 때도 손가락 끝을 만지작거리며 뜸을 들였다. 나미꼬는 반대였다. 궁금한 게 있으면 바로 질문했고 실수했다고 여겨지면 망설이지 않고 사과했다. 때문에 나미꼬는 한국인과 일본인 사이에서는 조금 예민할 수 있는 말들을 자주 했지만 그럼에도 불구하고 나는 나미꼬가 훨씬 편했다. 나미꼬는 좋고 싫음이 분명했기 때문에 의사결정에 있어 불필요하게 에너지를 낭비할 필요가 없었지만 아야는 달랐다. 아야는 우리의 의견에 무조건 좋다고 말해놓고 막상 일이 벌어지면 뒤에 가서 불평을 했다.

두 사람이 처음 온 날, 나는 새로 뚫어 놓은 까오삐약 국수 전문점을 소개했다. 아야와 나미꼬가 라오스에서만 먹을 수 있는 음식을 경험해보고 싶다고 했기 때문이다. 불행히도 까오뻬약은 두 사람의 입맛을 사로잡지 못했다. 라임과 향신료 맛이 너무 강해 일본인이 먹기에 부적절했던 모양이었다. 두 사람은 음식을 많이 남겼고 나에게 조금 미안해했다.

이때 나미꼬는 "내 입맛에는 안 맞네, 미안."이라며 웃었고, 아야는 "너 아니었으면 라오스 국수를 못 먹어볼 뻔했어, 고마워."라고 예쁘게 대답했다.

그리고 다음 날 어떤 유럽 여자가 내게 말을 걸었다.

"저기, 네 친구가 하는 말을 들었는데 라오스 국수가 그렇게 쉣이라며? 정말이니? 난 오늘 시도해보려고 했는데 괜히 고민되네."

나는 그 친구가 누구인지 물었고 여자는 테라스 쪽을 가리켰다. 테라스에서는 아야가 햇살을 받으며 빨래를 털고 있었다.

이런 아야의 성격 때문에 나는 그녀가 조금 어려웠는데, 그건 친구인 나미꼬도 마찬가지인 것 같았다. 두 사람은 밥을 먹거나 카페를 가는 등 모든 일정에 나를 포함시켰는데, 그때마다 나는 묘한 대화 패턴에 자주 당황했다. 세 사람이 자연스럽게 대화를 하는 게 아니라, 내가 질문하면 나미꼬만 대답을 하고, 아야가 질문을 하면 나만 대답을 하는, 그런 식이었다. 세 사람이 함께 있지만 나를 중심으로 둘둘씩 갈라진 것 같은 이상한 느낌이었다.

혹시 두 사람이 싸운 건 아닐까 생각해봤지만 서로 샤워 용품을 나눠 쓴다든가 커피 하나에 빨대 두 개를 꽂아 함께 마신다거나 하는 걸 보니 그것도 아닌 것 같았다. 친구인 듯 남인 듯 이상한 관계 속에서 나는 여러 번 고개를 갸웃거렸다.

아야와 나미꼬가 충돌한 건 두 사람이 루앙프라방을 떠나기 전날이었다. 나미꼬는 처음부터 한국 담배에 부쩍 관심을 가졌는데, 때문에 맞담배에 관대한 나는 테라스로 갈 때마다 그녀를 데리고 갔다. 아야는 흡연자가 아니었지만 그때마다 알아서 따라 나왔다.

우리가 마지막 맞담배를 피우던 순간, 두 사람이 갑자기 티격태격하기 시작했다. 일본어였기 때문에 전혀 알아들을 수 없었지만 나는 싸우는 이유가 담배 때문임을 직감적으로 알아차렸다. 일이 커지기 전에 어서 방으로 들어가고 싶었는데 나미꼬가 장초를 끄려는 내 손을 재빨리 잡았다.

"그러지 마. 너한테까지 피해 주고 싶진 않아."

나미꼬의 행동에 아야는 곧장 테라스 문을 박차고 나갔다. 문을 너무 세게 닫는 바람에 테라스에 있던 모든 손님이 깜짝 놀랐다. 정적이 흐르는 공간에서 나는 담배를 끄지도 피지도 못한 채 가만히 나미꼬만 바라보았다.

"안 따라가도 되는 거야?"

나미꼬는 지겨워죽겠다는 표정으로 대답했다.

"몰라. 쟤는 맨날 저래. 미치겠어, 진짜!"

나는 아야가 담배 냄새 때문에 그러는 거라고 짐작했으나 전혀 아니었다. 아야는 담배를 피우는 나미꼬의 행동 자체에 화가 난 것이었다. 아야의 논리로는 흡연자들은 하나같이 불량하며 그런 불량한 친구와 함께 여행하고 있다는 사실이 몹시 불쾌하다는 것이었다.

"아야는 맨날 그래. 내가 담배를 피우면 친구인 자기까지 싸잡혀 저렴한 취급을 당한다는 거야. 그래서 내가 말했지. 그러면 따라오지 않으면 되는 것 아니냐고. 옆에 있지 않으면 다 해결되는 문제 아니냐고 말이야. 그런데 그건 싫대. 우리는 함께 여행을 왔고, 때문에 자기를 혼자 두면 안 된다는 거야. 혼자 있는 게 너무너무 싫대. 그럼 대체 나더러 어쩌라는 거야? 나는 남 눈을 의식하는 일본이 싫고 그래서 여행을 온 건데, 옆에서 너무너무 일본인인 아야가 저러고 있으니 매번 미칠 것 같아."

나는 함부로 공감할 수도 적당한 위로의 말도 찾지 못했기 때문에 피우던 담배를 마저 피우기로 했다. 하고 싶은 말은 많았지만, 억울한 것도 조금 있었지만, 화난 일본인들 사이에서 한국인이 할 수 있는 말은 많지 않았다. 아직 담배가 덜 타 다행이라고 생각했다.

아야와 나미꼬가 떠난 새벽, 나는 3일 만에 코피를 흘렸다. 유난히 구토 증세도 심했는데 이러다가는 정말로 침대에 토를 해버릴 것 같아 벽을 잡고 방 밖으로 나왔다. 복도에는 서양 남자 세 명이 서 있었다.

"헤이, 너 어디 아프니?"

대꾸할 정신도 없이 화장실로 향했다. 세면대를 잡고 잠시 있으니 코피는 멎었지만 속이 너무 안 좋았다. 이제는 정말로 병원을 가봐야 할 것만 같았다. 화장실 밖으로 나왔을 때 세 사람은 여전히 복도에 서 있었다.

"좀 괜찮아? 병원 가야 하는 거 아니야?"

멀쩡해진 나는 과음 때문이라고 대충 둘러댔지만 아무도 믿지 않았다. 세 남자는 아픈 것이 확실하다고 판단되는 동양 여자를 걱정하기 시작했고, 나는 뜻하지 않게 새로운 여행 메이트를 얻었다.

인도와 파키스탄과 일본 친구들, 이만하면 루앙프라방을 떠나도 좋겠다고 생각했지만 웃긴 세 영국 남자를 만나면서 일정을 조금 늘렸다. 그들은 나보다 약 열 살이 어렸고 어린 만큼 미친 짓도 잘했기 때문에 함께 있으면 즐거웠다. 그들 사이에서 웃고 있다 보면 아야가 남기고 간 스트레스가 연기처럼 사라지는 기분이었다.

세 영국남들은 팬티 속에 마리화나를 숨기고 다녔는데, 그 때문에 지나가던 개가 갑자기 짖을 때면 자기도 모르게 중요 부위를 두 손으로 감싸며 욕을 했다.

"오 시발 깜짝이야! 고자될 뻔했네!"

세 사람이 동시에 거기를 잡고 펄쩍 뛰는 모습은 너무 웃겼기 때문에 나는 하루에도 크게 웃을 일이 여러 번 있었다.

"병신들."

한국말이었지만 어떻게든 알아먹은 그들은, 더 많고 빠른 영어 욕으로 돌려주었다.

그래도 상관없었다. 못 알아들은 욕은 욕이 아니었다.

남은 루앙프라방에서의 시간은 그렇게 흘렀다. 세 명의 영국인, 합류된 누군가와 그룹으로 놀기도 하고 카페에서 혼자만의 시간을 보내기도 했다. 루앙프라방은 햇살이 강해 빨래가 잘 말랐기 때문에 나는 매일 바삭하게 마른 속옷을 입었다. 와이파이가 느렸지만 아예 안 되는 건 아니었기 때문에 한국에 있는 친구와 통화도 하고, 블로그에 일기도 쓰고 간간이 일도 했다. 담배를 피우며 글을 쓰는 내 옆에서 유럽인 친구들은 마리화나도 하고 이름을 알 수 없는 여러 가지 연초들도 피웠다. 한 공간에서 노동과 놀이가 동시에 진행되었고 와중에 누구는 떠나고 누구는 남으면서 자연스럽게 멤버들은 바뀌었다.

"너 생각보다 오래 머무네."

테라스에서 칼럼을 쓰고 있는데 게스트하우스 직원이 다가와 말을 걸었다.

"응 그렇게 됐네."

"루앙프라방이 마음에 들었나 봐?"

"글쎄, 그런가?"

나는 루앙프라방이 좋았다기보다 여기서 만난 사람들이, 속옷이 잘 마르는 날씨가, 갑자기 짖어주는 개들이, 오고 갔던 언어들이 좋았다고 말하고 싶었지만 그냥 흐응– 웃고 말았다.

이제 비엔티안으로 돌아가야 하는데. 가서 숙소 친구와 함께 도가니 국수를 먹어야 하는데. 그리고 다음 나라로 이동해야 하는데. 루앙프라방이 엄청 좋은 것도 아니면서 나는 하루 이틀 돌아가는 차표를 알아보는 일을 미루는 식으로 조금 더 그 숙소에 머물렀다.

만일 누군가가 라오스의 어떤 부분이 가장 좋았냐고 묻는다면 나는 뭐라고 대답할 수 있을까?

너무 많은 말을 하거나 혹은 아무 말도 하지 못할 것 같다. 정말로 그럴 것 같다는 생각을 하며 그날의 오후를 보냈다.

오, 나의 케빈과 태국

태국은 두 번 가보았다.

첫 번째는 푸켓, 두 번째는 방콕.

두 번의 방문 모두 같은 이와 함께였다.

진영과는 방콕 공항에서 만나기로 했다. 나는 비엔티안에서, 진영은 인천공항에서 온다. 태국에 먼저 도착한 건 나였기 때문에 수완나폼 공항에서 반나절을 기다렸다. 기다리는 건 내가 가장 잘하는 일 중 하나다.

수완나폼 공항은 인도를 일곱 번 오가며 여러 번 경유했던 곳이기 때문에 익숙했다. 어쩌면 내가 한국을 제외하고 가장 많이 가본 나라는 태국일지도 모르겠다. 방문의 기준에 '공항까지만'을 포함한다면 말이다.

시간이 되어 게이트가 열렸고 진영과 그의 동생 병환이 나타났다. 병환은 나보다 네 살이 어렸고 우리는 단둘이 인도를 두 달 동안 여행한 적이 있다. 성인 남녀가 60일을 넘게 한방을 쓰는 동안 아무런 일도 일어나지 않았다는 말을 믿어준 건 그의 친누나 진영뿐이었다. 사람들은 우리가 거짓말을 하고 있다고 생각하거나 혹은 병환과 나 둘 중에 성적인 어떤 결함이 있을 것이라 마음대로 넘겨짚었다. 그런 식의 오해는 혼자 여행 다니는 여자들에게는 흔한 일이었기 때문에 별 느낌은 없었다. 병환에게는 어땠을지 모르겠지만.

어쨌든, 우리 세 사람의 태국 여행은 공항에서부터 천천히 시작되었다.

나와 진영은 백수였지만(나는 프리랜서라 생각하나 남들은 백수라 불렀다.) 병환은 짧은 휴가를 온 것이기 때문에 방콕 여행 내내 바쁘게 움직였다. 숙소에 짐을 풀자마자 지역 곳곳에 있는 사원을 구경하고, 유명하다는 음식들을 사 먹었고, 부스에서 파는 밀크티를 시도 때도 없이 들이마셨다. 방콕은 너무 더웠고, 우리는 셋 다 더운 것이 너무 싫었기 때문에 돌아가며 자주 지쳤다.

너무 싫은 것은 또 있었다. 방콕에는 바퀴벌레들이 너무 많았다. 방콕의 바퀴벌레들은 유난히 큰 주제에 여유까지 넘쳤는데 사람이 오면 재빨리 어둠으로 숨어버리는 한국 것들과 다르게 그것들은 바닥 한가운데서 졸고 있거나 사람의 몸을 타고 기어 올라왔다. 때문에 골목을 걸을 때 우리는 자주 핸드폰 플래시를 켰고 셋 중 하나의 배터리는 늘 금방 방전되었다.

우리는 하루에 한 번은 꼭 마사지를 받으러 갔다. 방콕에는 마사지숍이 많았지만 실력이 좋은 숍만 골라 갈 수 있었던 건 숙소 사장인 케빈의 도움이 컸다.

케빈은 처음, 로비에 손님처럼 앉아 친근하게 말을 걸었는데, 그 때문에 여행자들끼리만 통하는 특유의 친근감에 이끌려 그와 덜컥 라인 아이디를 주고받았다. 알고 보니 그는 손님이 아니라 직원이었고, 조금 더 알고 보니 일반 직원이 아니라 사장이었다. 그가 사장임과 동시에 실은 변호사였다는 사실은 우리가 라인으로 이틀 넘게 연락을 주고받은 뒤에야 알 수 있었다.

"왜 처음부터 사실대로 말하지 않았어?"
"굳이 자세히 말할 필요는 없으니까. 특히 여행자에게는"

자세히 물어보지는 않았으나 그는 변호사라는 이유만으로 갖가지 추근거림과 말도 안 되는 청탁을 자주 받은 모양이었다. 때문에 고향인 대만을 떠나 방콕에서 사업을 시작하게 된 것은 아닐까? 이 역시 추측일 뿐이다. 그의 말대로 나는 여행자고, 때문에 우리는 서로에 대해 너무 많은 것을 알 필요는 없었으니까.

케빈의 도움으로 우리는 방콕을 조금 더 잘 여행할 수 있었다. 태국은 여행자들에게 친절했고, 맛있는 것이 많았고, 그러면서 대부분의 것이 저렴했기 때문에 우리는 여러 가지 것들을 무람없이 즐겼다.
여행자 거리로 불리는 카오산로드는 조금 실망스러웠지만 에까마이는 좋았다. 에까마이는 지인들이 강력하게 추천한 곳 중 하나였는데 그들은 커피 맛과 거리 풍경이 예술이라며 극찬했으나 사실 내가 에까마이를 사랑했던 이유는 망고 때문이었다. 에까마이 거리에는 망고를 잘라 투명 플라스틱 박스에 넣어 파는 가게가 많았는데 한 박스에 100밧(3,600원)밖에 안 하면서도 맛은 기가 막혔다. 태국 망고는 목구멍으로 넘어가기도 전에 입안에서 몽땅 녹아버릴 것처럼 달았는데, 더워 죽을 것 같은 순간에도 망고만 한 입 먹고 나면 온몸에 피가 도는 것 같았다. 우리는 틈만 나면 에까마이와 텅러 인근을 배회하며 하루에 한두 번씩 망고를 밥처럼 사 먹었다.

병환이 한국으로 돌아간 뒤 우리는 지역을 옮기기로 했다. 방콕에 이미 일주일 이상 머물렀고, 때문에 조금 지루해 졌다. 여러 가지 선택지를 두고 우리는 오래 고민했다. 나는 빠이를 가보고 싶었지만 그럴 수 없었다. 라오스에서부터 빈번히 터지기 시작한 코피가 점점 심해진 것이다. 가까운 클리닉센터를 방문하니 의사는 너무 심한 이동이나 운동은 피해야 한다고 단단히 일렀다.

결국 케빈에게 다음 여행지를 추천해달라고 부탁했다. 케빈은 대만 사람이지만 영어와 태국어에도 능했고, 그만큼 이 나라에 대해 잘 알았다. 케빈은 우리에게 후아힌을 추천 했다. 후아힌은 방콕에서 기차로 세 시간 정도 떨어진 바닷가인데 태국에서도 유명한 휴양지이며 옛날부터 왕실 사람들이 자주 찾는 여행지라고도 했다. 진영은 '왕실 사람들'에 끌린 것 같지만 나는 '바다'에 꽂혔다. 갑자기 바다라는 단어를 들으니 너무 가고 싶어졌다.

강 말고 바다, 계곡 말고 바다.

바닷가 썬배드에 누워 땡모반을 마시면 너무 행복할 것 같았다. 거기에 내가 좋아하는 송골매나 최백호의 노래를 곁들이면 더더욱 좋겠지.

우리는 곧장 차표를 끊었고 다음 날 케빈의 말대로 몇 시간 만에 후아힌에 도착할 수 있었다.

후아힌에는 현지인보다 외국인이 훨씬 많았다. 나이 많은 서양인이 특히 많았는데, 그들은 아주아주 느리게 움직였기 때문에 자주 답답했다. 언젠가 평생 모은 돈을 모아 동남아 어귀에서 여생을 보내는 것이 유럽에서 유행처럼 퍼지고 있다는 말을 들은 적이 있다. 후아힌은 예쁜 바다와 고급스러운 레스토랑, 숲이 있어서 돈 많은 유럽인들에게 선택받기에 적합했다.

몇 안 되는 동아시아인인 나와 진영은 카레나 팟타이, 랍스터, 새우 같은 것들을 먹으며 시간을 보냈다. 열흘 전 회사를 때려치운 진영은 후아힌이 너무 좋아 보였고 글을 쓰거나 사진을 찍는 것이 업인 나에게도 후아힌은 나쁘지 않은 동네였다. 시원한 카페와 맛있는 커피, 예쁜 풍경과 친절한 사람들은 뭔가를 생각하거나 만들어내는 데 도움을 주었고, 우리는 그 사이에서 음악을 듣거나 이야기를 하거나 수채화를 그리는 식으로 낮과 밤을 보냈다.

케빈과는 계속 연락했다. 케빈은 우리가 말이 잘 통한다고 생각했는지 시도 때도 없이 메시지를 보냈는데, 미안하지만 그의 유머에 나는 그다지 흥미를 느끼지 못했다. 어쨌거나 영어는 제2의 언어였고 무엇보다 케빈에게는 남을 웃기는 재능이 없었다.

그럼에도 불구하고 연락을 이어간 건 케빈이 "인생이 몹시 따분하다."라고 말했기 때문이다.

변호사에, 호텔 사장에, 젊고, 돈 많은 사람도 따분함을 느낄 수 있구나.

나는 케빈의 발언이 약간 신기했고 일종의 동질감 같은 것을 느꼈던 것도 같다. 케빈은 언제 방콕으로 돌아오냐고 매일 물었고, 나는 그때마다 모르겠다고 대답했다. 정말로 언제 돌아갈지 알 수 없었다. 방콕이 지겨워져 후아힌으로 왔듯, 아마 떠난다면 이곳에 흥미를 잃을 때쯤이 아닐까?

그러다 그가 뜬금없이 물었다.

내가 후아힌으로 갈까?

파스타를 먹다 말고 웃었다. 소심하다고 여겼던 그의 성격에 비해 좀 뭐랄까, 많이 저돌적인 발언이었기 때문이다. 나는 그러지 말라고 답장을 하려다가 문득 호기심이 들었다. 그가 정말 후아힌으로 올지 안 올지. 고쳐 적은 문장을 그에게 전송했다.

와 봐. 올 수 있으면.

그리고 이틀 뒤 케빈은 정말로 후아힌으로 왔다. 길 건너 편에서 손을 흔드는 그를 보며 나는 약간 아득한 기분이 되었다.

기차를 타고 여기까지 온 남자

손님인 줄 알았다가 사장인 줄 알았다가 알고 보니 변호 사였던 남자

나보다 어리고 영어를 쓰는 남자

친구인 줄 알았는데 지금부터는 아닐지도 모를 남자

그때의 내 감정을 솔직히 말하자면 '그와 사귈 마음은 없 지만 그가 주는 관심은 나쁘지 않다' 정도였다. 멀쩡한 남자 가 저 정도까지 하는데 싫어할 여자가 세상에 어디 있을까? 사랑받는 기분은 언제나 가슴을 뛰게 하고 그러는 동안은 왠지 조금 더 잘 살고 있는 것 같은 느낌이 들었다.

케빈의 등장에 진영은 조금 불편해했지만 그래도 우리는 재미있게 놀았다. 케빈은 우리가 모르는 현지 음식을 많이 알려주었고 먹는 방법이나 조금 더 맛있게 먹을 수 있는 조 합도 가르쳐주었다.

케빈은 대만 사람이기 때문에 밀크티에는 별로 흥미를 느 끼지 않았지만 커피는 좋아했다. 내가 바리스타 자격증을 취득한 이력이 있다는 말을 하고부터는 커피 전문점을 지날 때마다 질문도 자주 했다.

"이건 무슨 원두야?

손으로 내리는 거랑 기계랑 내리는 건 어떤 차이가 있어?

어떤 커피는 신맛이 나던데 그건 왜 그런 거야?

너는 참 궁금한 게 많구나. 그래서 공부를 잘하는 건가?"

나는 잘 알거나 잘 모르는 정보를 영어로 바꾸어 그에게 말해주었다. 가끔 단어가 떠오르지 않으면 파파고 번역기를 쓰거나 진영에게 문장을 만들어 달라고 부탁했다. 유럽에서 살다 온 진영은 케빈을 조금 귀찮아했지만 그래도 성실히 대화에 참여했다.

케빈은 우리 옆방에 묵었다. 때문에 옥상 라운지는 세 사람의 아지트가 되었다. 우리는 커피를 마시거나 담배를 피우면서 이런저런 얘기를 했다. 한국 노래나 유명한 연예인, 비슷한 그늘이 있는 한국과 대만의 역사, 중국에 대한 생각, 그리고 각자가 사귀어본 이성의 횟수 같은 것들에 대해. 케빈은 한국어를 조금 할 줄 알았고 나는 한자를 약간 읽을 줄 알았기 때문에 서로의 이름을 종이에 쓰며 발음법을 알려주었다.

"내 한국 이름은 서현지야."

"내 대만 이름은 킹 위어웨이야."

케빈은 내 이름을 '형지'로 발음했고 나는 케빈 이름을 '위어웨이'라고 말했는데 그는 내 중국어 억양이 너무 웃기다며 계속 웃었다.

"우리 말에는 성조가 있어."

"나도 알아."

"아는 데 왜 못해?"

"알아도 못 하는 게 있어. 너도 내 이름 이상하게 발음했거든?"

"왜? 내 발음이 어때서. 형지, 형지."

"뭐 위어웨이 위어웨이."

우리는 이유 없이 한참을 웃다가 결국 영어 이름을 쓰기로 합의했다. 현지와 위어웨이는 도저히 가까워질 수 없는 언어들 같았다.

케빈은 맛있는 것을 많이 사주었다. 스파게티나 피자, 커피, 밀크티, 여러 태국 음식들. 후아힌은 방콕보다 물가가 비쌌기 때문에 나는 돌아가며 내자고 말했지만 케빈은 그건 대만 문화가 아니라며 거절했다. 결국 카운터에서 여러 번의 옥신각신 끝에 나는 한 번의 저녁값을 낼 수 있었는데, 이 일로 케빈은 어쩐지 상처받은 얼굴을 했고, 이 광경을 목격한 태국인 직원은 조금 괴랄한 표정을 지었다.

맛있는 것 외에도 케빈이 우리에게(정확히는 나에게) 해준 것은 많았다. 대신 짐을 들어준다거나 손 선풍기를 받쳐준다거나 태국어로 툭툭비를 흥정하거나 주스를 사 오는 것 같은. 그는 우리와 함께 있는 시간이 좋아 보였고, 그래서 후아힌에 더 오래 머물고 싶어 했지만 가게 일을 돌봐야 했기 때문에 곧 방콕으로 돌아가야 했다.

떠나는 날 아침, 케빈은 조그만 짐가방을 손에 쥔 채 내게 물었다.

"우리, 방콕에서 다시 볼 수 있는 거지?"

나는 그렇다고 대답했다. 케빈과 함께한 3일 동안 나는 정말 그와 사귈 수는 없겠다고 느꼈지만, 그럼에도 다시 보는 것쯤은 어렵지 않을 것 같았다. 어차피 나는 여행자고, 곧 한국으로 돌아갈 테고, 그러면 케빈도 자연스레 나를 잊을 테니까. 함께 있는 동안만 즐거우면 되는 거니까.

여행은 다 그런 거니까.

일주일 뒤 우리는 방콕에서 다시 만났다. 함께 커피를 마시고, 비를 맞고, 바퀴벌레를 피해 밤 산책을 했고, 그로부터 한 주가 더 지난 뒤엔 내가 태국을 떠나는 방식으로 우리는 이별했다.

공항 택시에 오르기 전, 케빈은 내게 조금 억울하다고 말했다.

"너는 떠나지만 나는 남아야 하잖아.

너는 가버리면 그만이지만 나는 계속 여기에 남아야 하잖아.

그래서 너보다 더 슬퍼야 해."

생각보다 케빈은 나를 많이 좋아했던 것 같다. 그래서 미안했다. 받은 만큼의 사랑을 오롯이 돌려줄 수 없는 심정은 이런 것이구나. 과거 내가 더 많이 좋아한 적 있었던 남자들의 얼굴을 떠올렸다.

그들도 나처럼 조금 고맙고 많이 미안해했을까?

고마워하긴 했을까?

아니 미안해하긴 했을까?

유리창 너머로 케빈이 손을 흔들었다.

나는 케빈보다 조금 더 오래 오른손을 흔들어주었다.

태국에서의 에피소드는 분명 이것보다 많았는데 이상하게 생각나는 건 케빈과 후아힌뿐이다. 아시아티크도, 딸랏롯파이도, 골동품 상점도, 방콕의 미친 것 같던 러시아워도, 음악도, 패션도 모두 기억은 나지만 막상 손이 써 내려가는 것은 온통 케빈에 대한 것이라니. 어쩌면 나는 생각했던 것보다 그를 좋아하고 있었던 걸까? 아무리 생각해봐도 그건 아닌 것 같지만, 그때로 다리 돌아간다 해도 그와 어떤 일이 생겼을 것 같진 않지만, 어쨌든 나의 두 번째 태국 여행은 케빈으로 시작해 케빈으로 끝났다.

그는 현재 방콕이나 타이베이에서 케빈 혹은 킹 위어웨이로 잘 살아가고 있을 것이다. 나에게 후아힌이 아름다웠듯 그에게도 지아가 현지, 혹은 형지와의 그곳이 예쁜 그림으로 남아있기를 바란다.

네팔, 지진이 끝난 후

네팔에 간 건 대지진이 끝난 직후였다. 사람들은 네팔만 큼은 가지 말라고 말했지만 나는 기어코 카트만두행 표를 끊었다. 인천에서 출발해 태국을 경유한 뒤 네팔 공항에 도착했고, 생각보다 훨씬 멀쩡한 공항의 상태를 보며 나는 조금 안심했던 기억이 난다.

특별한 이유가 있어 네팔에 간 건 아니었다. 굳이 까닭을 붙이자면 네팔이 인도와 붙어 있다는 것 정도. 어차피 뉴델리를 가야 하니 겸사겸사 옆 나라를 여행하는 것도 나쁘지 않을 것 같았다 정도.

실은 핑계다.

나는 네팔이 더 엉망진창으로 망가지기 전에 그곳에 가봐야겠다고 생각했을 뿐이다.

지진으로 인해 부서진 나라.

수도가 가장 큰 타격을 받은 나라.

그래서 볼거리가 반으로 줄었고 관광객 숫자가 반 토막이 났고, 때문에 숙소비가 두 배로 오른 나라.

그 나라가 얼마나 더 망가질지 모르기 때문에, 앞으로 계속 못 가게 될지도 모르기 때문에, 그래서 그나마 갈 수 있을 때 가봐야겠다고, 그렇게 생각했을 뿐이다.

네팔행을 만류했던 사람 중 가장 격하게 만류했던 사람은 당시 사귀었던 남자친구다. 그는 나를 두어 번 설득하다 결국엔 얼마간의 돈을 통장에 입금해 주는 식으로 이번 여행을 응원했다.

웬만하면 좋은 데서 자야 해.
지진은 끝난 뒤가 더 위험한 거야.
그러니까 돈 아끼지 말고 꼭 좋은 호텔에서 자.

여유롭게 자란 남자, 무언가를 선택하거나 포기할 기회를 자주 가졌던 남자, 베푸는 데 아낌이 없고 주저가 없는 남자, 그와 나는 비슷한 유년을 보냈고 딱히 다르지 않게 살았는데 왜 생각하는 것은 이리도 차이 나는 것일까? 그는 이 돈으로 내가 최고급 호텔에 묵으며 편하게 여행할 것이라 믿어 의심치 않는 것 같았지만 나는 돈이 많아질수록 아끼고 아껴 최대한 오래오래 여행하는 인간이었다. 좋은 곳에서 자고 비싼 것을 먹으며 한 달을 여행하는 대신, 적당한 데서 자고 조금 덜 비싼 것을 먹으며 두세 달을 여행하는 식.

그래도 그가 주는 돈을 고맙게 받으며 꼭 그러겠다고, 걱정하지 말라고 말해주었다. 아마 그는 답장을 받곤 퍽 안심했을 것이다. 우리는 오래 사귀었지만 이리도 서로에 대해 몰랐다. 나는 비자 절차를 기다리며 오늘도 배관이라든가 설계라든가 협력사라든가 하는 단어를 입에 올리고 있을 그의 모습을 떠올렸다.

여행자 거리까지는 택시를 탔다. 반드시 여행자 거리를 가야만 하는 것은 아니지만 그냥 그렇게 했다. 일종의 관성이랄까? 뉴델리에서는 파하르간즈를, 태국에서는 카오산로드를 먼저 갔던 것처럼. 비슷한 처지에 놓인 어리바리한 여행자들을 보고 있으면 어쩐지 안심이 되었고, 혼자여도 혼자가 아닌 것 같았고, 내 나라 음식이나 최소 그것과 비슷한 것이 모여 있는 거리에 서 있다 보면 여행이 조금 더 수월할 것 같다는 근거 없는 긍정을 얻을 수 있었다.

택시 기사는 갑자기 뜬금없는 곳에 차를 세우며 기념품 가게에 한 번만 들르자고 제안했다. 나는 싫다고 말했고 그는 불만스러운 표정으로 다시 운전을 했다. 이런 식의 제안과 거절은 서남아시아에서 빈번히 일어난다. 귀찮고 번거로운 일이 지속해서 일어나는 건 여행자에게 당연했고, 그것들을 견디는 순간마다 나는 타국에 와 있음을 실감했다.

타멜 거리는 사진으로 너무 많이 봤기 때문에 이미 몇 번쯤 와 본 것 같았다.
조금 넓은 바라나시 같은 느낌,
조금 더 깨끗한 파하르간즈 같은 느낌.
사진과 달랐던 건 아무래도 문 닫힌 가게가 많았다는 것과 간판의 접착이 불안정해 보인다는 것, 여기저기 허물어진 곳들이 많았다는 것이다. 착각일 수도 있다. 원래 자주 문을 닫는 가게일 수도 있고, 원래 삐뚜름했던 간판일 수도 있고, 지진과는 상관없이 원래부터 낡아빠진 건물이었을 수도 있다. 그러니까 나는 대지진 이전의 이곳을 모르기 때문에, 지금 눈앞에 있는 네팔과 과거의 네팔을 멋대로 상상하고 비교하며 천천히 천천히 호텔로 걸었다.

남자친구가 골라준 임페리얼 호텔의 매니저는 거만한 표정으로 가이드북에 적힌 가격보다 훨씬 더 높은 금액을 불렀다. 거의 두 배에 가까웠다. 나는 가이드북 임페리얼 호텔이 나온 페이지를 펴 이것 좀 보라고, 이게 작년 말에 개정된 책인데 어떻게 그 사이에 이렇게 가격이 뛸 수 있느냐고 따질 수도 있었다. 하지만 그러지 않았다. 네팔의 물가는 원래 자주 바뀐다고, 책에 적힌 금액이 잘못된 거라고, 그리고 무엇보다도 우리는 지진을 겪지 않았느냐고 말할 것이 뻔했다. 흥정에 소질이 없기도 했고, 무엇보다 무척 피곤했기 때문에 나는 달라는 금액을 지불하고 방으로 들어왔다.

4인실 도미토리에는 아무도 없었다. 혼자 있기 싫어 일부러 도미토리로 잡은 건데, 첫날부터 혼자 자는 건 좀 무서운데. 나는 씻지도 않고 잠에 들었고, 그날 태어나서 가장 지독한 가위에 눌렸다. 부적도 갖고 왔고 소금도 양껏 뿌리고 잤는데도. 어쩌면 부적과 소금이 있었기 때문에 그나마 죽지 않을 수 있었나? 숨도 쉬지 못할 정도로 경직된 상태에서 아마 나는 기절을 했던 것 같은데 눈을 떠보니 이미 아침이었다. 밤이 지나간 것이다. 다행히 나는 죽지 않은 채 배낭을 챙겼고, 그길로 숙소를 옮겼다.

임페리얼 호텔 앞에는 지금은 이름이 기억나지 않는 비슷하게 생긴 호텔이 하나 더 있었다. 프론트에서 가격을 물어보니 전날 낸 금액의 반값을 불렀다. 어째서 이렇게 싼 것인지는 알 수 없지만 싼 것은 어쨌든 좋기 때문에 며칠 치 방값을 한꺼번에 계산하고 방으로 올라왔다.

숙소비가 저렴한 이유는 곧장 알 수 있었다.

이 호텔은 하루에 딱 두 번, 두 시간씩만 전기가 들어왔다.

아침에 두 시간, 저녁에 두 시간.

자가발전기가 없는 호텔은 전력 공급이 어려웠고, 전력이 없기 때문에 순간온수기도 이용할 수 없어 찬물로 샤워해야 했다. 핸드폰이나 노트북 충전도 물론 할 수 없었다. 3월의 네팔은 너무 추웠기 때문에 호텔을 옮긴 것을 곧장 후회했다.

이럴 줄 알았으면 임페리얼에서 씻고 나올걸.

머리가 깨질 것같이 차가운 물로 머리를 감았다. 정말 감기 싫었지만 오늘은 꼭 씻어야 했다. 곧 새로운 여행자가 같은 방을 쓸 예정이었기 때문이다.

머지않아 K가 카트만두에 도착했다. 트래킹을 마치고 돌아온 K는 네팔에 완벽하게 적응한 듯 보였다. 우리는 무리 없이 인사했고, 나는 그녀에게 방의 구조와 좆 같은 전력 시스템 같은 것을 설명했다. K에게 먼저 연락한 것은 나다. 포카라에서 트래킹을 마치고 카트만두로 올 예정이라는 그녀의 글을 카페에서 보자마자 곧장 쪽지를 보냈다.

"제가 혼자 있기 좀 무서워서 그런데, 최대한 빨리 카트만
두로 와주실 수 있나요?"

그녀는 그러겠다고 했고 예정된 날짜와 시간에 호텔에 도
착했다. 나는 K가 "혼자 있기 무서우신 분이 어떻게 네팔까
지 오셨어요?"라고 물을 것을 대비해 적당한 답변을 준비해
두었는데 그녀는 아무것도 묻지 않았다. 그래서 자주 가위
에 눌린다고, 이따금씩 이상한 것을 듣거나 보기도 한다고,
이것 때문에 굿을 한 적도 있고 여전히 밤이 너무 무섭다고
솔직하게 말하지 않아도 되어서 좋았다.
　나보다 3살이 어린 K는 싹싹하게 인사한 뒤 욕실로 들어
갔다. 뜨거운 물이 나오지 않는 시간이었지만 그녀는 상관
없다고 말했다. 좋지 않은 숙소 환경도, 얼음물 샤워도 뭐
든 괜찮다고 말하는 그녀. 히말라야를 올라본 자와 그렇지
않은 자의 차이일까? 20%가 채 남지 않은 핸드폰 배터리를
바라보며 잠깐 생각에 잠겼다. 이럴 줄 알았으면 임페리얼에
있을 때 핸드폰 충전도 할걸 그랬어. 나는 이렇게 지나간 일
에 후회를 많이 하는 인간이었다.

　K는 포카라로 떠나기 전 이미 타멜 거리를 여행한 적이
있었다. 때문에 맛집을 찾아다닐 필요 없이 그녀가 이끄는
식당에서 밥을 먹고 그녀가 알려주는 커피숍에서 아이스 아

메리카노를 마셨다.

"언니는 왜 네팔까지 와서 트래킹을 안 해요?"

K가 빨대로 커피를 빨아들이며 물었다. 네팔에 오면 꼭 트래킹을 해야 하는 걸까 생각했지만 무릎이 별로 안 좋아서라고 무심히 대답했다. 어느 정도 사실이었고 그녀는 고개를 끄덕였다.
"하긴 무릎 안 좋으면 등산하긴 좀 그렇죠.
그래도 카트만두에만 있는 건 좀 아깝다."
전혀 아깝다고 생각지 않았으나 "그렇지." 하고 대답했다. 어딜 가면 반드시 뭘 해야 한다는 개념이 없는 나는 이런 류의 대화를 할 때면 조금 답답증을 느낀다. 내가 뉴욕까지 가서 자유의 여신상을 보는 대신 햄버거나 먹으며 골목을 돌아다녔다는 말을 할 때면 사람들은 보통 같은 표정을 지었는데, 아마 K도 그럴까? 높은 확률로 그럴 것 같았다.

카트만두에서 일주일을 보낸 뒤 뉴델리로 넘어갈 예정이었는데 신기하게 K와 비행 날짜와 목적지, 시간이 같았다. 서로의 비행기 표를 대조하는 동안 우리는 조금 놀랐고, 그러는 동시에 기분이 좋아졌다. 함께 있는 동안 우리는 같은 방을 쓸 것이고, 그러면 K는 방값을 아낄 수 있어 좋고 나는 잠을 편하게 잘 수 있어 좋을 것이었다. 누군가와 함께 하는 밤이면 가위에 눌리지 않았고 악몽도 꾸지 않았다. 뉴델리

이후의 일정은 확신할 수 없지만 어쨌거나 최소 열흘 정도
는 잘 잘 수 있겠지. 그렇게 생각하니 갑자기 여행할 용기가
생겼다. 잘 잘 수 있는 밤이 늘었다.

우리는 여러 관광지를 돌아다녔다. 타멜에서 벗어날수록
무너진 도시의 민낯이 서서히 드러났다. 부서진 사원 위로
네팔리들이 뭔가를 쌓거나 치우고 있었고 그걸 바라보는 몇
몇은 슬픈 표정으로 눈물을 훔쳤다. 무수한 세월을 버텨냈
을 벽돌들은 건물에서 떨어져 나온 채 바닥을 굴렀고, 우리
는 그것들을 차마 밟을 수 없어 이편으로 혹은 저편으로 치
워주며 계속 앞으로 걸었다.

네팔리들은 스트리트를 걷게 해주는 대신 관광객들에게
돈을 받았다. 현지인들은 그냥 다닐 수 있는 보통 거리였지
만 외국인들은 만 얼마어치의 돈을 내고 표를 끊으라고 했
다. 우리가 내는 돈은 지진 피해 복구 비용으로 사용될 것
이라고 영어로 적혀 있었다. K와 나는 지갑에서 네팔 루피
를 꺼내 표와 교환했다. 돈을 내지 않고 몰래 입장하는 관
광객도 있었지만 우리는 서로 약속한 듯 묵묵히 지갑을 열
었다. K가 그런 사람이라서 좋았고 그녀도 내가 이런 사람
이라 좋은 것 같았다.

함께 망가진 거리를 걸었고, 밥을 사 먹었고, 택시를 타고
박타푸르나 카탄을 돌아다니며 서로가 예민해지지 않는 선
에서 이런저런 것들을 공유했다.

무슨 과를 전공했는지,

형제 관계는 어떻게 되는지,

남자친구는 있는지, 사귄 지는 얼마나 됐는지.

이런 시간이 흐르는 동안 나는 매일을 잘 잘 수 있었다. 불편할 것이 하나도 없는 여행자를 만나는 건 어려운 일이기 때문에 순간마다 자주 감사했다.

카트만두 일정이 끝나갈 무렵, 우리는 함께 한식당을 찾아갔다. 카트만두에는 축제라는 이름을 가진 한식당이 있었다. 사장님은 네팔리였는데 한국말을 곧잘 했다. 한국에서 5년 넘게 일했고 이후에도 한국인들을 상대로 장사를 했기 때문에 언어를 잊지 않을 수 있었다고 했다. 그는 주어와 목적어를 구분해 말할 줄 알았고, 외국인들이 제일 어려워한다는 '은', '는'과 '이', '가'의 조사 구분도 척척 해냈다.

그는 한국어를 처음 공부할 때 한 시 일 분, 여덟 시 팔분, 이런 식의 시간 읽기가 죽기보다 괴로웠다고 했다. 왜 한 시 한 분이나 여덟 시 여덟 분은 안 되는 거예요? 외국인을 상대로 한국어를 가르쳐본 적이 있는 나는 그의 말에 공감하며 웃었다. 그래도 대단하다고, 한국어가 세계에서 가장 배우기 힘든 언어 3위인 건 아냐고, 당신은 그 어려운 언어를 단 5년 만에 습득한 것이라는 칭찬도 아끼지 않았다. 그러면서 내가 한국인이라 다행이라고 생각했다. 무수한 의성어와 의태어, 존댓말과 반말, 표준어와 사투리와 일본어와 한자가 마구잡이로 섞인 언어를 날 때부터 자연스럽게 익힐 기회를 가졌던 내가 참 다행이라고. 여행 중에는 참 별것 아닌 것에 안도하고 기뻐하고 감사하게 된다. 이런 순간들 때문에 내가 여행을 놓지 못하는 걸까? 정말 그럴지도 모르겠다고 여기며 그가 만들어준 라면과 김치전을 열심히 먹었다. 네팔리가 만든 김치전은 죄송하지만 우리 엄마가 만든 것보다 훨씬 바삭하고 맛있었다.

네팔은 여기저기가 망가졌고, 문 닫힌 가게 많고, 때문에 조금 위험해 보였지만 우리는 별일 없이 여러 날을 잘 보냈다. 스카프 값을 바가지 쓴 것을 제외하면, 무너진 건물 때문에 중간중간 길을 잃은 것을 제외하면.
그러니까 어쩔 수 없었던 길고 짧은 위기들과 짜증들을 모두 제외하면 우리의 여행은 별일이 없었다.
히말라야를 올라본 여자와 그럴 생각이 전혀 없는 여자의 카트만두 여행은 남은 네팔 루피를 어떻게 하면 좀 더 알뜰하게 잘 사용할 수 있을까에 대한 고민을 마지막으로 조금씩 정리되고 있었다.

K는 앞으로 네팔은 올 일이 없을 것 같으니 몽땅 기념품을 사는 데 쓰겠다고 했고, 나는 왠지 한 번은 더 네팔에 올 것 같아 남은 루피를 아끼겠다고 말했다.
히말라야에 오를 생각도 없으면서,
네팔에 더 보고 싶은 게 남은 것도 아니면서,
왠지 이 돈을 갖고 있어야 다시 여기에 올 핑계가 생길 것만 같아서.

공항으로 가는 길, 타멜 거리로 올 때와 반대편 도로를 달리며 나는 바깥 풍경을 물끄러미 바라보았다. 부서지거나 그렇지 않은 건물 사이로 네팔리들은 참 열심히 돌아다녔다.
키가 크고 마른 사람, 키가 작고 마른 사람,
까만 사람과 조금 덜 까만 사람,
남자와 여자와 노인과 아이.
모든 것이 망가진 사이에서도 그들은 여기에서 저기로 바쁘게 움직였다.

문득 네팔에 오기를 잘했다고 생각했다. 비싼 숙소비와 커피값과 음식값을 꼬박꼬박 지불하기를 잘했다고, 검표원의 눈을 피해 티켓 값을 내지 않는 행동을 하지 않길 잘했다고, 조금 불편했지만 어쨌거나 이곳에서 일주일을 보내기를 참 잘했다고.
이 기분이 최대한 오래가기를 바라며 공항으로 향했다.
타멜 거리가 등 뒤로 조금씩 멀어졌다.

대필 작가의 특별 휴가, 베트남

특별 휴가가 주어졌다. 병원장의 자서전을 대필하는 작가는 계약대로라면 휴가도 월차도 없지만, 고용주가 쉬는 날엔 노동을 자동으로 쉰다는 장점이 있다. 병원장은 삼 일 동안 휴가를 냈고 그 일자는 주말과 붙어 있었기 때문에 내게도 뜻밖의 긴 휴가가 주어졌다. 나는 일주일 치 휴가 계획을 세우며 퍽 신이 났다.

여행은 돈과 시간이 주어졌을 때 내가 가장 먼저 하는 일이다. 이번에는 절친인 단과 휴가 기간이 겹쳤고, 우리는 톡으로 몇 시간 만에 목적지를 결정했다.

비행시간이 길지 않고 물가가 저렴하며 너무 위험하지 않은 곳, 바다가 있고 날씨가 좋으며 예쁜 사진을 건질 수 있는 나라.

후보에는 태국과 베트남이 있었고 우리는 후자를 선택했다. 나는 태국을 가봤기 때문에 베트남이 더 끌렸고 단은 둘 중 어느 곳이든 상관없어했다.

바닷가가 보이는 리조트와 시티뷰 야경이 있는 호텔 중 어디가 좋을까? 이틀간 고민했지만 단과 나 둘 다 벌레와 도마뱀을 싫어한다는 공통점 때문에 리조트를 포기했다. 우리는 숙소에 도착해 커튼을 열어젖히자마자 역시 호텔로 온 건 탁월한 선택이었음을 확신했다. 다낭의 야경은 화려하지는 않지만 군데군데 불 꺼진 집이 많아 오히려 진짜의 야경처럼 느껴졌다. 점점이 켜진 주황 불빛이 발아래로 나지막이 내려다보였다.

춥지 않을 만큼만 시원한 에어컨 바람을 맞으며 우리는 돌아가며 샤워를 했고, 다음날 일정을 체크했고, 각자 SNS에 자랑할 만한 것들을 업로드한 뒤 잠을 청했다. 하룻밤에 10만 원인 호텔은 가격에 비해 매트리스가 푹신하고 좋았다.

한국에 돌아가면 당장 자취방 매트리스부터 바꿀까?

이런 건 얼마쯤 하려나?

베트남에서의 첫날밤을 보내며 나는 이런 생각을 했던 것같다.

다음 날 우리는 천천히 하루를 시작했다. 시간에 쫓기며 바쁘게 여러 곳을 둘러보는 건 단과 나의 취향이 아니다. 때문에 늦은 오전까지 숙면을 취한 뒤 천천히 씻고 예쁜 옷으로 갈아입었다. 약속한 것도 아닌데 우리는 둘 다 알록달록 꽃무늬 원피스를 챙겨왔다. 짧거나 얇은, 가슴과 겨드랑이가 혹 파이거나 허벅지가 드러나는 치마나 바지. 한국에서는 절대 못 입을 것 같은 옷을 껴입으며 우리는 실실 웃었다. 그것은 일종의 해방감 같은 것인데, 종일 꽉 끼는 유니폼을 입고 일하는 단은 이게 진짜 여행의 맛이라며, 정말로 떠나온 실감이 난다고 말했다.

"내 허벅지 진짜 오랜만에 보는 것 같네."

단은 다리를 완벽하게 가리는 치마나 발목까지 내려오는 긴 바지를 입고 일한다. 한 번은 단이 유니폼을 입고 셀카를 보내준 적이 있는데 누가 봐도 병원 직원 같아서 조금 답답함을 느낀 적이 있다.

"너는 유니폼 안 입어서 모르지?
이게 얼마나 불편하고 갑갑한데,
목걸이 하나 마음대로 못한다니까."

우리는 각자 다른 병원에서 다른 업무를 했고, 때문에 서로가 어떤 불편을 감내하고 사는지 몰랐다. 단은 팔뚝과 어깨가 훤히 드러나는 원피스를 입고 화장대에 앉아 병원에서는 꿈도 꾸지 못할 짙은 메이크업을 했다. 기왕 하는 김에 나는 네일도 하자고 했다. 한국에서부터 챙겨온 인조 손톱 중 가장 화려한 것을 골라 단의 손가락에 정성스레 붙였다. 서로를 꾸며주는 동안 우리는 함께 마케팅 회사에서 일할 때 얼마나 자유스러웠는지에 대해 이야기를 나눴다. 단은 나의 사수였고 우리는 같은 프로젝트를 맡아 했다. 몇 개는 실패했지만 대부분은 입찰에 성공했기 때문에 함께 기뻐할 때가 많았다.

그때 우리 참 좋았는데….

입고 싶은 거 마음대로 입고, 옥상에도 편하게 올라가고.

그러니까 그때가 참 좋았는데,

'박봉이었던 것만 빼면'이라는 말은 우리 둘 다 하지 않았다.

베트남에 있는 동안 우리는 병원 직원도, 대필 작가도 아닌 순수히 여행자로 지내기로 했다. 눈치 보며 PC 카톡을 하지 않아도 되고, 듣기 싫은 병원장 잔소리를 듣지 않아도 되고, 하고 싶은 화장도 마음껏 할 수 있는, 생각할수록 여행을 온 건 무척 잘한 것 같았다.

다낭에 대해 아는 것이 없었기 때문에 제일 유명하다는 한시장으로 갔다. 다낭은 좁은 곳에 볼거리가 몰려 있기 때문에 많이 돌아다닐 필요가 없었다. 유명하다는 카페에서 코코넛 커피를 마시고, 라탄 가방과 모자를 산 뒤 성당이나 재래시장 같은 곳을 돌아다녔다. 핑크빛이 도는 성당은 사진을 찍지 않고서는 도저히 못 배길 만큼 사랑스러웠다. 우리는 한껏 포즈를 취한 채 서로를 찍어주었다. 단은 사진에 욕심이 없는 편이지만 그래도 성당 앞에서만큼은 여러 컷 찍히기를 거부하지 않았다.

한시장은 여느 동남아 재래시장과 크게 다르지 않았다. 파리가 앉은 건어물 가게, 이름 모를 향신료, 특이하게 생긴 옷들과 성의 없이 도금한 저렴한 귀걸이들이 자판에 나와 있었다. 시장 특유의 비릿한 냄새와 복작함을 구경하며 길이 난 곳으로 걸었다. 한시장은 재래시장 나름의 매력이 있긴 했지만 한국 사람이 너무 많다는 단점이 있었다. 과장을 조금 보태 베트남이 아니라 이태원에 와 있는 기분이었다. 외국에서 듣는 한국어는 약간 불청객처럼 느껴지기도 했는데 그건 단도 마찬가지였는지 얼마 지나지 않아 다른 곳으로 이동하자고 제안했다. 취향이 비슷한 이와 함께 여행하는 건 이래서 편하다.

우리는 암묵적으로 핫플레이스는 피하기로 결정하고 한적한 골목을 찾아 걸었다. 시장과 멀어질수록 풍경은 초라해졌지만 그만큼 고요했기 때문에 사색하기에 좋았다. 골목을 걷는 동안 어린아이가 벌거벗은 채로 뛰어나와 손을 내밀기도, 그 아이를 쫓아 나온 어머니가 정중하게 사과하기도, 현지인 아저씨가 뭔가를 먹고 가라고 권유를 하기도 했다. 특별한 일이랄 건 없지만 그래도 나는 한시장을 벗어나 옆길로 새길 잘했다고 생각했다. 내 기준의 여행이란 바로 이런 것이었다.

8월의 다낭은 말도 못 할 정도로 더웠기 때문에 우리는 에어컨을 찾아 쌀국수집이나 낡은 커피숍으로 기어들어가 더위를 식혔다. 골목의 작은 커피숍은 인테리어랄 것도 없는 일종의 구멍가게였는데 어쩐지 다낭에서 가장 유명하다는 카페보다 맛이 좋았다. 베트남 커피는 고소하지도 시지도 않은 독특한 맛이 났다. 연유 없이 그냥 마시는 베트남 커피는 뭐랄까, 흡사 흙을 달여 마시는 것 같달까?

"단아. 뭐가 자꾸 씹혀. 흙맛 같아."

단은 누가 들으면 흙 먹어본 적 있는 사람인 줄 알겠다며 웃었다. 그러면서도 베트남 커피가 다른 나라 것들과는 다른 독특한 매력이 있다는 사실에 동의했다. 우리는 둘 다 한겨울에도 아이스커피를 마시는 얼죽아 타입이지만 베트남 커피는 뜨겁게 마실수록 흙맛이 더 진하게 났기 때문에 땀을 흘리면서도 얼음이 없는 커피를 주문했다. 18도로 맞춰진 에어컨에서는 절대 18도일 리가 없는 미지근한 바람이 쏟아졌고, 우리는 그 아래서 필터링이 덜 된 커피 가루를 꼭꼭 씹으며 시간을 보냈다.

베트남에서 꼭 해보고 싶었던 일 중 하나는 아오자이를 입는 것이었다. 전통 복장에 욕심이 있었다기보다는, 그냥 아오자이를 입었을 때의 몸태가 궁금했다. 내 몸은 어깨가 각지고 하체가 굵은 편인데 왠지 아오자이는 이런 단점을 전부 가려줄 수 있을 것 같았다. 나는 치수를 재며 옷가게 사장님에게 아오자이를 입었을 때 주의해야 할 것은 없는지 물어보았다.

스리랑카에 살던 시절, 라마단 기간인 것을 모르고 무슬림 복장을 입고 나갔다가 식당에서 실수할 뻔한 적이 있다. 옷에는 문화나 종교랄 것들이 이식되어 있다는 것을 알게 된 일이기도 했다.

옷집 사장님은 딱히 주의할 점은 없다고, 단지 옷감이 약한 편이니 숨을 너무 크게 쉬거나 밥을 과하게 먹지만 않으면 된다며 농담처럼 말했다. 신축성이 전혀 없다는 말로 들렸기 때문에 내 치수보다 약간 더 크게 만들어 달라고 특별히 부탁했다. 한 벌에 이만 원을 주고 아오자이를 맞추는 동안 단은 라탄 코스터나 기념품을 쇼핑하며 혼자의 시간을 보냈다. 옷은 당일 오후까지 완성해 호텔로 보내주기로 했다. 이만 원에는 배송료도 포함되어 있었다. 베트남의 물가는 정말이지 반하지 않을 수 없었다.

다낭의 매력은 요리에서 폭발했다. 우리는 해산물, 국수, 육류 가리지 않고 모든 것을 시도했는데 대부분의 음식이 평균을 웃돌았다. 비린 것을 못 먹는 나에게도 베트남 해산물은 담백했고 향신료 맛도 강하지 않아 웬만한 것들은 모두 먹을만했다. 단과 나는 스프링롤에 특히 반했는데 튀김 껍질이 바삭한 게 식감이 너무 좋았다. 같이 나온 소스에 찍어 먹으면 맛이 일품이었다. 한국에서는 도저히 경험하지 못할 맛이었다. 식당 직원들은 대부분 영어를 못했지만 한국어로 설명이 적힌 메뉴판을 따로 가져다주었기 때문에 별 문제가 없었다. 그들은 대부분 친절했고, 한국을 궁금해했고, 무엇보다 박항서 코치가 영웅으로 추앙받고 있던 때라 우리까지 덩달아 대우를 받았다.

어떤 직원은 먼저 다가와 수줍은 표정으로 "안녕하세요?"

라고 인사를 하기도 했다. 한국인인 걸 어떻게 알았냐고 묻자 그녀는 자신의 눈을 손가락으로 가리키며 '뷰티'라고 대답했다. 화장법을 말하는 건지 눈의 생김을 말하는 건지는 모르겠지만 우리는 고맙다고 말했다. 예쁘다는 칭찬은 언제 들어도 지겹지 않았다.

볼거리는 시장과 강 주변으로 몰려 있었지만 진짜 흥미를 끈 것은 따로 있었다. 병원에서 근무하는 우리는 번잡함에 질려 있었기 때문인지 본능적으로 조용한 곳만 찾아다녔다. 그러다 알게 된 사실 하나. 베트남에는 골동품 상점이 아주 많다는 것. 낡은 척하는 콘셉트숍이 아니라 진짜로 낡은 것들이었기 때문에 우리는 상점 앞에서 자주 발길을 멈췄다.

주름마다 먼지가 앉은 가죽 가방,

줄이 끊어진 기타, 겉면이 너덜너덜한 LP 같은 것들.

누군가 쓰다만 엽서와 표지가 찢어진 고서와 국적을 알 수 없는 군복 같은 것들.

무구한 세월을 통과해왔을 물건들을 만날 때마다 나와 단은 가만히 서서 쇼윈도 안을 들여다보곤 했다.

낡은 것들은 다낭보다 호이안에 훨씬 더 많았다.

우리는 당일치기로 호이안 여행을 하기로 하고 택시를 대절했는데 입구에 내리면서부터 호이안에 숙소를 잡지 않은 것을 후회했다.

"뭐야? 분위기 완전 다르다!"

메인 스트리트는 대부분의 건물이 나무로 만들어졌다. 올드시티라는 이름에 걸맞게 이 층짜리 낡은 건물들 사이로 오래된 음식점, 카페, 옷가게 등이 줄지어 있었다. 이것들은 다낭의 화려함보다 더 빠르고 강하게 우리의 마음을 사로잡았다. 단과 나는 호이안에서의 반나절이 매우 즐거울 것임을 곧장 예감했다. 마침 입고 온 빨간색 아오자이도 호이안과 너무 잘 어울렸다.

도착하자마자 호이안 명물이라는 식당에서 점심을 먹었다. 만두와 분짜가 유명한 곳이라길래 찾아갔는데 단과 내가 마지막 남은 테이블에 앉자마자 웨이팅 손님이 빠르게 늘어났다. 운이 아주 좋았다.

베트남식 만두는 일반 만두보다 작고 껍질이 물컹하며 소가 적게 들었는데 크기가 작기 때문에 한 입에 먹기 딱 좋았다. 한 입 씹을 때마다 육즙이 팡팡 도는 게 신기해 우리는 만두 하나를 여러 번 꼭꼭 씹어 천천히 삼켰다. 분짜는 고기가 질기지 않은 상태로 구워져 나왔는데 새콤한 맛이 나는 소스에 찍어 먹으면 씹지도 않고 삼킬 수 있을 만큼 부드럽고 맛있었다. 우리는 베트남에 온 이후 처음으로 추가 주문을 요청했지만 거절당했다. 직원은 기다리는 사람이 이미 많고 하루 치 팔 수 있는 재료가 정해져 있기 때문에 다른 손님들을 배려해달라고 부탁했다.

아, 우리가 그럼 한정판 음식을 먹은 셈인가?

만두는 더 먹지 못했지만 웨이팅하는 사람들을 보며 왠지 이긴 것 같은 기분이 드는 건 어쩔 수 없었다.

호이안의 유일한 단점은 에어컨 있는 카페가 많지 않다는 것이다. 아무래도 건물이 오래된 데다 대부분의 카페가 오픈형이기 때문인 것 같은데, 그 때문에 우리는 쪄 죽을 것 같은 더위를 참으며 그늘을 찾아 돌아다녀야 했다. 호이안에는 벤치라든가 어닝이라든가 하는 것들이 거의 없었다. 깨끗하지 않아도 좋으니 그늘진 계단이라도 나왔으면 싶었지만 그런 곳은 눈에 띄지 않았다. 대부분의 관광객들이 우리와 같은 마음인지 손 선풍기나 부채를 짜증스럽게 쥐고 있었다. 풍경은 너무 마음에 들었지만 바닥에서 이글이글 올라오는 복사열은 견딜 수가 없었다.

결국 단은 인터넷을 검색해 에어컨이 쌩쌩하게 나온다는 카페를 찾아냈다. 카페는 다낭에서 본 커피숍과 딱히 다를 것 없었지만, 그리고 한국인이 너무너무 많았지만 일단 시원하다는 것만으로도 우리는 만족했다. 더위에 취약한 단은 소파에 앉자마자 뻗었다. 그러면서 다 죽어가는 목소리로 말했다.

이런 더위와 습도는 사는 동안 가급적이면 다시 만나고 싶지 않다고.

단과 나는 긴 소파에 양옆으로 앉아 조용히 떠들었다. 아이스크림과 차가운 커피로 정신을 되돌린 후였다. 내부에 한국인이 많아 대화하기 조심스러웠지만 구조상 바짝 붙어 앉았기 때문에 목소리를 높이지 않아도 되었다.

단은 나른한 목소리로 병원 생활이 너무 괴롭다고 말했다.

생각보다 인간관계란 게 녹록지 않네.
어른이 되고 보니 알겠어.
돈 버는 게 참 어려운 일이라는 거.

동의할 부분이 많았다. 병원이란 조직은 만만한 곳이 아니고 그 안에서 관계를 맺거나 유지하는 건 웬만한 노동보다 힘든 일이다. 그런 것들 때문에 우는 사람을 나는 너무 많이 보아왔다. 조직 내에서 이유 없이 밉보이는 사람, 쉽지 않은 사내 정치, 어려운 업무와 끊임없는 환자들의 컴플레인, 조금만 튀는 행동을 하면 곧바로 타깃이 되는 희한한 문화까지.

"우리 병원만 그런 걸까?"
"아니 우리 병원도 그래."
"그래도 프리랜서는 좀 낫지 않나?"
"프리랜서라 더 공격당하기도 해."
"이렇게 하면서까지 돈을 벌어야 하나?"
"그래도 먹고는 살아야지."
"일 안 해도 먹고 살 수 있으면 얼마나 좋아?"
"그러니까."

그러다 에어컨 없이 베트남에 사는 것과 지금처럼 병원 생활을 견디는 것 중 뭐가 더 어려울지 단에게 물었다. 잠깐 생각해보던 단은 눈을 질끈 감더니 대답 없이 고개를 절레절레 흔들었다. 동의하는 마음으로 남은 아이스크림을 마저 먹었다. 대답하기 참 어려운 질문이었다.

남은 시간은 알뜰히 먹고 마시는 데 사용했다. 한국에서는 생각도 못 할 신기한 음식들이 베트남에는 많았고, 그러면서도 저렴했기 때문에 하루에 다섯 끼를 먹었다.

다낭을 떠나는 날, 시장 한편에 있는 허름한 국숫집에서 마지막 식사를 했다. 별로 청결해 보이지는 않는 평범한 가게였는데 의외로 맛이 훌륭했다. 어금니에 쫄깃하게 붙을 정도로 식감이 좋은 고기를 씹으며, 베트남은 정말이지 음식만큼은 실패랄 게 없다며 크게 만족했다.
이런 맛있는 쌀국숫집을 이제서야 발견하다니,
언젠가 다시 베트남에 온다면 여기만큼은 꼭 다시 들르자고 약속했다.

출국 시간이 다가오고 있었다. 우리는 다섯 시간을 날아 각자가 있던 곳으로 돌아갈 것이었다. 내일이면 단은 메이크업을 지우고, 인조 손톱을 제거하고, 못생긴 유니폼을 입은 채 컴퓨터 앞에 앉겠지. 나는 최대한 눈에 띄지 않을 복장을 한 채, 노트북을 무릎에 놓고 병원장이 하는 말을 일일이 받아 적거나 녹음하고 있을 것이다. 그러면서 정작 쓰고 싶은 글은 한 줄도 못 쓰는 대필 작가의 신세에 한탄이나 하겠지. 병원의 생리나 직원들의 고충이나 도저히 이해할 수 없을 이곳만의 문화 같은 것들, 그런 것들은 한 글자도 쓰지 못한 채, 쓰기는 쓰지만 내 생각이 아닌, 글은 글인데 모조리 남의 머리에서 나온 것들을 활자로 엮으며 생각해보니 대필 작가를 과연 작가라고 부를 수 있는 걸까?

그런 것도 넓은 의미로는 작가인 걸까?

여행이 끝나지 않았는데 벌써 여행이 끝난 기분이었다.

이미 몸은 병원장실에 앉아 머리를 조아리고 있는 느낌.

문득 나는 베트남에서 입고 싶은 대로 입길 잘했다고, 먹고 싶은 만큼 먹고 떠들고 싶은 만큼 실컷 떠들길 잘했다고 생각했다. 더워 죽을 뻔했지만 그래도 맛있는 것이 많은 이곳에서 이런 5일을 보내길 잘했다고 확신했다. 그건 단도 마찬가지인 것 같았다.

"아! 손톱 너무 아깝다!"

반짝이는 파츠가 박힌 엄지손가락을 어루만지며 단이 말했다. 나는 언젠가 또 함께 여행을 간다면 그때는 더 화려한 네일을 해주겠다고 했다. 우리를 일상으로 데리고 갈 비행기가 서서히 날아왔다.

이바이크와 미얀마

인도 캘커타에서 양곤으로 넘어왔다.

짧은 비행이었지만 세균성 설사병 때문에 크게 피로했다. 배가 아팠기 때문에 출국을 미루고 조금 더 인도에 머물고 싶었으나 할인을 왕창 받아 예약한 비행기 표는 환불이 불가했다. 다행히 양곤까지 무사히 잘 왔지만, 숙소까지도 잘 찾아오긴 했지만, 어쨌거나 아랫배에 힘을 주고 있느라 육신이 노곤했다.

하필 이럴 때 6인실 도미토리를 예약했다니.

핸드폰 플래시를 켜 배낭에서 힘들게 약을 꺼냈다. 같은 방을 쓰는 일본인은 오후 다섯 시밖에 안 됐는데 방 불을 꺼버렸고 이내 코를 골았다. 창문도 없는 조그만 방에서, 나는 일본인의 눈치를 보며 살금살금 이불로 기어들어 갔다.

한숨 자고 나니 조금 살 것 같았다. 눈을 떴을 때 일본인은 체크아웃을 한 뒤였고, 그 자리는 중국인 여행자로 채워졌다. 그 친구가 적당히 시끄럽게 굴어준 덕분에 편하게 가방 정리를 할 수 있었다. 그녀는 곧 인도로 넘어갈 예정이라고 했는데 때문에 막 인도에서 온 나에게 이것저것을 물었다.

"인도에 가보는 게 평생소원이었어요."

"거기는 정말로 소가 많나요?"

그 친구는 곧장 인도로 가는 건 무서워 동남아부터 도는 중이라고 했다. 미얀마를 마지막으로 워밍업을 끝내고 뉴델리로 넘어갈 예정이라는데, 내가 보기엔 설렘보다 두려움이 더 큰 것 같았다. 시작점을 뉴델리로 잡은 건 잘한 일이라고 그녀를 안심시켰다. 델리에는 여행자 거리가 있기 때문에 같은 국적의 동행을 만나기 수월하니까. 볼거리도 많고 먹을거리도 많고, 돈만 있다면 무엇이든 할 수 있는 곳이 뉴델리니 그곳에서 충분히 인도의 맛을 보라고 말해주었다. 다른 건 몰라도 돈만큼은 자신 있는지 중국인 친구는 다행이라는 얼굴을 했다.

'부럽다. 나도 돈 얘기할 때 저런 표정 한 번 지어 보고 싶네.'

인도 얘기를 하다 보니 미얀마 여행을 때려치우고 다시 인도로 가고 싶어졌다.
물론 정말 그러지는 않을 거지만.

다음 날, 체력이 회복되니 뒤늦게 배가 고팠다.
되도록이면 뜨끈한 국물이 있는,
웬만하면 향신료 맛이 덜한 그런 음식이었으면 했다.
근처에 일식당이 있다기에 찾아갔는데 웬걸 대형 쇼핑몰

안에 있는 프랜차이즈 식당이었다. 쇼핑몰 입구에서 정장 차림의 시큐리티들이 나를 위아래로 훑었다. 낡은 알리바바 바지에 힌디가 잔뜩 적힌 티셔츠를 입은 나를 그들은 조금 미심쩍어했다. 어깨에 DSLR을 걸치고 오지 않았다면 어쩌면 거절당했을지도 몰랐다.

주문한 라멘은 기대했던 것보다 훨씬 맛이 좋았다. 트립어드바이저 평가에 의하면 '나쁘지 않다' 정도, 별점으로 치면 3점 정도의 평범한 식당이랬는데 이상하게 내 입에는 딱 맞았다. 쫄깃한 면에 얼큰한 국물이 너무 잘 어울렸다. 라멘 위에 고깃덩어리가 먹음직스럽게 올라 있었는데, 세상에! 무려 돼지고기였다. 인도에서는 내내 닭고기랑 염소고기만 먹었다. 오래간만에 느껴보는 식감에 좋아 미칠 것 같은 기분이 된 채 나는 남은 국물까지 싹 훑어 마셨다. 그렇게 만족스러울 수가 없었다.

식사를 마치고 내부를 구경했다. 웬만한 한국 백화점보다 규모가 큰 쇼핑몰은 누구나 알 만한 해외 브랜드와 미얀마 자체 브랜드들이 섞여 있었다. 에뛰드 하우스나 더페이스샵 같은 한국 브랜드도 있었는데 생각보다 손님이 많았다. 대부분은 어린 학생들이었는데 틴트나 아이섀도 같은 것들을 발라보며 깔깔 웃는 것이 한국에서와 별반 다를 것 없는 풍경이라 조금 웃음이 났다. 손님들은 깔끔한 옷에 예쁜 구두를 신고 좋아 보이는 가방을 들고 다녔다. 낡은 조리에 너덜

너덜한 옷을 입고 활보하는 자는 나뿐이었는데, 때문에 어느 매장을 가든 흘낏거리는 사람이 한두 명은 꼭 있었다. 시선이 부담스러운 건 아니지만 잠깐 어디 처박히고 싶은 심정이 된 건 사실이었기 때문에 카페로 이동했다. 오픈형 카페기 때문에 내부에서 흡연도 가능하고 커피랑 칵테일도 마실 수 있다고 적혀 있었다.

카페 직원은 전면이 통창으로 된 좌석으로 나를 안내했다. 카페 바깥으로 이름 모를 성당과 복작한 시내가 까마득하게 내려다보였다. 양곤의 밝은 햇살이 안으로 마구 쏟아졌고, 그 아래 기대듯 앉아 직원이 가져다준 커피를 마셨다. 에어컨이 세차게 돌아가고 있었기 때문에 햇살 아래 있어도 얼굴이 뜨겁지 않았다.

만족스러운 식사와 질 좋은 커피,풍경.

나는 커피와 함께 셀카를 찍어 Y에게 전송했다.

Y는 곧장 답장을 보냈다.

좋겠다.

나는 양곤이 생각보다 좋다고, 어쩌면 인도보다 미얀마가 더 좋아질지도 모르겠다고 말했다. Y는 병원에서 대필 작가로 일할 때 알게 된 언니인데 입사하자마자 큰 실적을 올리고 10개월 만에 실장으로 승진한 능력자였다. 나와는 같은 대학 출신이라 말을 빨리 텄고, 거의 유일하게 사내 정치에 관심이 없던 사람이라 더 마음이 갔던 사람이기도 했다. 언니는 식곤증 때문에 너무 힘들다고, 옆자리 부사장이 자꾸 잔소리를 한다고, 여행 중이라 너무 좋겠다며 우는 이모티콘을 와르르 보냈다.

나는 양곤에 있어서 너무 좋지만 한편으로는 절대 잘릴 리 없는 자리에서 마음껏 능력을 발휘하는 언니가 부러웠다. 병원에서 자기를 시기하지 않는 사람이 거의 없었다는 사실을 언니는 알까?

많지 않은 나이에 적지 않은 연봉, 팀원들의 신망도 두터워 대나무숲 역할을 하던 언니. 몰라도 될 것까지 너무 아는 바람에 비밀을 지키느라 용쓰던 언니의 모습을 나는 기억했다. 언니는 지금도 파티션 너머로 고개를 숙인 채 키보드 소리를 죽여가며 부사장의 눈을 피해 나와 이야기하는 중이겠지. 언니의 허리 건강을 위해 나는 대화를 이만 마치기로 했다. 한국에 돌아가면 꼭 보자는 말과 함께.

언니는 꼭 그러자고 대답했다.

언니와 대화를 하고 보니 이렇게 떠돌며 살아도 되는 걸까 하는 의문이 피어올랐다. 글도 쓰고 강연도 하고 여행도 하며 잘 지내고 있지만, 이걸 잘 살고 있다고 말할 수 있는 걸까? 잘 모르겠다. 나는 언니처럼 안정된 직장도 없고 동료도 없는데, 좋아하는 일을 업으로 삼는 동안 잃어온 것들이 너무 많다. 그중 제일 아쉬운 게 무엇일까? 안정된 연애를 해본 지 오래되었다는 사실을 상기하자 좀 더 시무룩한 마음이 되었다.

연애라는 단어조차 생소하게 느껴질 지경이었다.

젠장, 여기까지 와서 무슨 청승이람.

남은 얼음을 와그작 씹어먹었다.

입안이 조금 청량해지는 것 같았다.

양질의 것을 먹고 푹 쉬었으니 바간에서는 몸을 좀 움직여보기로 했다. 바간은 세계에서 열기구 쇼로 유명한 두 곳 중 한 곳인데, 나는 그것보다는 이바이크를 마음껏 탈 수 있다는 말이 훨씬 좋았다. 겁이 많은 것치고 오토바이를 좋아하는 나는 4박 5일 동안 바이크로 제주도 라운딩을 해본 경험이 있다. 그중 이틀은 날이 맑았고 이틀은 폭우가 쏟아졌는데, 지금 생각해보면 위험한 순간이 아주 많았지만 그래도 오토바이 타는 건 너무 재미있었다. 오토바이는 거리에 대한 부담을 줄였고 무엇보다 여행의 의욕을 높였다.

미얀마는 더운 곳이었고 바간은 볼거리가 여기저기 뚝뚝 떨어져 있었는데, 때문에 이바이크 렌탈 시스템이 잘 갖춰져 있었다. 이바이크는 시간당 끊어서 렌탈할 수 있었다. 나는 아침에 빌려 저녁에 반납하는 롱 타임 렌탈을 신청했다. 전기 충전식 이바이크는 중간에 배터리가 방전될 위험이 있지만 그럴 때면 언제든 전화를 하면 새 바이크를 가져다주겠다고 주인은 친절한 얼굴로 설명했다.

숙소에서 한국인도 한 명 만났다. 일본에서 일하며 잠깐 휴가차 미얀마에 들렀다는 그는 불교 문화에 푹 빠져 있었다. 나는 그에게 미얀마의 역사나 최근 있었던 지진 피해, 가장 가볼 만한 유적지가 어딘지 등을 배웠다. 그는 아는 게 무척 많았지만 잘난 척은 하지 않았다. 그게 얼마나 갖추기 어려운 성품인지 잘 아는 나는 그가 꺼내는 용어들이 낯설었지만 열심히 경청했다.

우리는 각자 이바이크를 타고 앞서거니 뒤서거니 하며 달렸다. 바간은 대부분 평지였고 도로가 잘 정돈되어 있기 때문에 바이크를 타기에 딱 좋았다. 지진 때문에 관광객이 많이 줄었다는 것은 사실인 듯 도로에는 차도 바이크도 거의 없었고, 때문에 우리는 둘만의 독무대인 듯 중앙으로 마구 달렸다. 2차선 도로 양옆으로 이국의 나무들이 우거져 있었는데 대부분 버드나무처럼 줄기를 아래로 수그리고 있어 쉽게 그늘이 졌다. 그늘 아래로 펼쳐진 도로를 최고 속도로 달리며 속이 훅 뚫리는 것을 느꼈다. 그가 안내한 볼거리들은 거의 10분 간격으로 달려야 가까스로 모습을 드러냈는데 10분은 기분 좋게 달리기 딱 좋은 시간이었기 때문에 마음에 쏙 들었다.

유적지에 도착하면 구걸하는 아이들과 잡상인들이 슬금슬금 몰려들었다. 그는 이런 상황에 익숙하다는 듯 정중한 손짓으로 거절했고 나 역시 비슷한 제스처를 취하며 안으로 입장했다. 그는 맨발로 유적지 안을 걸으며 이 석상은 왜 이렇게 생겼는지, 이건 왜 눈을 감고 있으며 이건 왜 한쪽 부분이 깨졌는지에 대한 것들을 자세히 말해주었다. 동굴 형식의 유적지는 대부분 아주 넓었고 내부가 시원했기 때문에 헬멧 안에 맺힌 땀들이 기분 좋게 식었다. 발바닥과 두피가 동시에 시원해지는 것을 느끼며 그의 뒤를 따라 걸었다. 우리는 아주 작은 불상도, 고개를 쳐들어도 다 보이지 않을 만큼 거대한 불상도 함께 보았다. 나는 그런 것들 중 강연에 써먹으면 아주 좋을 것 같은 부분만 캐치해서 사진을 찍었다. 중요해 보이는 부분을 핸드폰에 메모하는 것도 잊지 않았다. 그런 나를 보며 그는 말했다.

"여행도 하고 일도 하고. 참 좋으시겠어요."

그 말은 양곤에서부터 가져온 무거운 짐을 약간 덜어주었다.
그렇게 말해주니 고마웠다.
이대로 살아도 나쁘지 않다고 말해주는 것 같아서.
남의 말에 이토록 쉽게 휘둘리는 작가라니
내가 생각해도 조금 우습기는 했지만.

이틀 내내 이바이크를 타는 동안 우리는 아침, 점심, 저녁을 함께 먹었다. 그는 만달레이로 이동해야 하기 때문에 내일 아침 떠나야 한다고 했다.
우리는 마지막 밤, 숙소 로비에서 가볍게 맥주를 마시며 이야기를 나눴다. 조명이 어두웠기 때문에 로비는 마치 칵테일 바처럼 느껴졌다. 분위기가 무르익자 그와 나는 서로의 연애사에 대해 털어놓기 시작했다. 그는 아깝게 놓쳐버린 초미녀에 대한 이야기나 일본에서 만났던 몇몇 여성들에 대한 이야기를 들려주었다.

가장 흥미로웠던 건 짝사랑하던 일본 여성에 대한 것이었다. 주요 스토리는 그 여자가 제 발로 그의 자취방으로 찾아왔음에도 아무 행동도 하지 않고 그냥 돌려보냈다는 이야기였는데 왜 그런 병신 같은 짓을 했냐고 묻자 그는 맥주를 마시다 말고 버럭 했다.

"저는 그렇게 빨리 해치우고 싶지 않았을 뿐이에요!"

너무 좋아하는 여자였기 때문에 하룻밤 사이에 '그래 버리고' 싶지는 않았다고.
적어도 자신이 먼저 고백을 하고, 정식적인 연인이 되고,
그러고 나서 뭔가를 해도 해야 할 거 아니냐며.
그는 재차 "안 그래요?" 하고 물었다.
나는 "그렇게 절차 따지는 스타일은 아닌 것 같은데요?"라고 대답했다.
그는 미치고 팔짝 뛰겠다는 듯 머리를 쥐어뜯었다.
짜증 나 죽겠다는 표정으로.

"그러니까요! 보시다시피 저 그런 스타일 아니에요. 근데 진짜 좋아하는 여자한테는 함부로 못 그런다니까요? 남자

는 원래 그래요, 원래!"

설명에 의하면 그 여성은 자기한테 손끝 하나 대지 않는 남자에게 실망해 울면서 방을 뛰쳐나갔다고 했다. 자존심에 크게 상처를 받아 여러 날을 마음고생을 했고, 그렇게까지 용기를 냈는데 어떻게 자기를 가만히 내버려 둘 수 있느냐며 뒤에서 남자를 무척 욕했다고 한다. 그걸 전해 들은 날, 그는 여자를 다시 찾아갔지만 만나주지 않았다. 아주 대차게 까인 것이다.

그는 '남자는 원래 그렇다'는 말을 계속 반복했다. 후회한다고도 했다. 했던 말을 또 하고 또 하는 걸 보니 단단히 취한 것 같았지만 계속 듣기로 했다. 앞서 이야기했던 초미녀에 대한 이야기나 며칠 만나다 만 나머지 일본 여성들은 결국 그에게 아무것도 아니었을 것이다. 정말 사랑한 여자는 따로 있었으니.

그는 취할수록 그날의 일을 곱씹으며 여러 번 후회했다.

그때 그냥 하고 싶은 대로 했어야 했는데….
왜 병신같이 참았을까? 내가 대체 왜 그랬을까?

그가 돌림노래를 하는 동안 나는 이름 모를 일본 여성의 생김을 가만히 상상해보았다. 1년이 지나도록 한 남자의 마음속에 살고 있는 여자, 아무것도 못 했기 때문에 더욱 생각나는 여자, 그의 말에 의하면 그녀는 아주 예쁘고 똑똑했으며 어리기까지 했다는데. 그는 아마 몇 년 후에도 이 일을 곱씹으며 오래오래 후회할 것 같았다. 그가 나이가 드는 동안에도 추억 속에 남은 그녀는 꾸준히 예쁘고 똑똑하고 어릴 것이므로.

아침에 일어났을 때 그는 떠나고 없었다.
대신 공들여 쓴 카톡이 몇 줄 와 있었다.

어제 제가 말이 너무 많았죠?
취해서 그런 거니 조금만 이해해 주세요.
나중에 도쿄 놀러 오시면 꼭 연락하시고요.

도쿄는 웬만하면 안 갈 것 같았지만 나는 알겠다고, 충분히 재미있는 시간이었으니 걱정 말라고, 조심해서 잘 가고 다음에 또 보자고 답장했다.

다시 혼자가 된 나는 매일 이바이크를 빌려 아무 곳으로 돌아다녔다. 길이 난 곳으로 마구 달리다 배가 고프면 눈에 보이는 식당에서 밥을 먹고, 목이 마르면 구멍가게에서 생수를 사 마셨다. 그러면서 생긴 작은 단위의 지폐는 구걸하는 아이의 손에 쥐여주었고, 너무 더울 때는 앞서 떠나간 동행이 알려준 사원을 찾아가 땀을 식혔다.
바이크를 타는 동안 장난기 많은 미얀마 청년들이 속도를 높여 쫓아오기도 했는데, 처음에는 무서웠지만 나중에는 서로 지지 않으려고 같이 악셀을 당겼다. 그들은 시끄럽게 웃으며 뭐라고 떠들었는데 아마 '한 번 해보자는 거야?' 정도의 말인 것 같았다. 나는 한국어로 "그래 인마!"라고 크게 대답했다.

바이크가 달릴수록 헬멧을 부딪치고 지나가는 바람 소리가 윙윙 울렸다.

그러는 동안 더위가 꺼졌고, 구름이 내려앉았고, 하늘이 붉은빛을 띠기 시작했다.

열기구만큼이나 유명하다는 바간의 노을이 시작되고 있었다. 새빨간 빛을 뿜어내는 해를 정면으로 바라보며 앞으로 앞으로 달렸다. 바간의 석양은 정말이지 예뻤다. 너무 예뻐서 마음이 웅장해지는 것 같았다. 이 순간만큼은 Y 언니에 대한 부러움도, 전날 떠난 그가 했던 돌림노래도 생각나지 않았다.

그저 미얀마에 오길 잘했다고 생각했다.

지금 누리고 있는 것들이 너무 아무것도 아니지만 않았으면 좋겠다고, 그렇게 생각했을 뿐이었다.

잠깐일 줄 알았던 스리랑카

잠시 스리랑카로 가기로 했다. 남인도는 너무 덥고, 힌두 사원이나 모스크도 슬슬 지겨웠다. 새로운 걸 잠깐만 하고 싶었다.

아! 그래, 스리랑카가 있었지.
잠시만 다녀오자.

그렇게 가볍고 쉽게 시작된 걸음이었다.

책자에서 누와라엘리야에 대해 읽었을 때 '시원한 곳'이라는 표현이 제일 마음을 후려쳤다. 시원하다 못해 춥기까지 한 고원지대라 현지인들 사이에서도 휴가지로 꼽힌다고. 새벽이면 산에서 내려온 차가운 공기 때문에 발이나 어깨가 시린 경우도 있다고. 춥다, 차갑다, 시원하다는 표현은 듣기만 해도 체온이 내려가는 것 같았다. 에어컨 없이는 5분도 견디기 힘든 더위에 취약한 여행자는 고민 않고 바로 표를 예약했다. 누와라엘리야로 가는 버스표는 하루에도 아주 많았다.

버스가 산을 오를수록 경사가 가팔라졌다. 평지를 달리

던 버스는 점차 속도가 느려지더니 나선형 도로를 따라 구불구불 기어오르기 시작했다. 나중에는 산세도 험해져 각도가 안 나오는지 전진과 후진을 반복했다. 사람이 많이 타고 있었기 때문에 차체가 한 번 움직일 때마다 승객들은 여기에서 저기로 마구 흔들렸고 위로 올라갈수록 티 나게 추워졌다. 현지인들은 가방에서 가디건이나 재킷을 꺼내 걸쳤다. 담불라에서 민소매 상태로 버스에 오른 나는 추워서 턱이 덜덜 떨렸다. 가디건이 든 배낭은 던져 놓은 짐 속에 파묻혀 흔적조차 보이지 않았다. 누와라엘리야는 그렇게 춥고 높은 곳에 있었다.

함께 스리랑카를 여행하던 한국인이 떠나고 혼자가 되었다. 누와라엘리야 날씨에 대한 정보는 진짜였다. 침대에 누우면 코와 어깨가 시렸고, 때문에 아침마다 드라이기를 꺼내 몸을 녹였다. 알리바바 바지 안에 레깅스를 덧입고 두꺼운 후드티 안에도 반팔 셔츠를 한 겹 더 입었지만 아침마다 이불을 걷으며 몸을 떨었다.

해가 쨍쨍한데도 이렇게 추울 수 있다니.

산이 내뿜은 공기는 온통 차가웠고 그러면서도 오래갔기 때문에 조식으로 나온 수프를 먹어도 한기가 멎지 않았다. 그 핑계로 샤워는 이틀에 한 번만 했다.

숙소에는 일본어와 영어를 할 줄 아는 주인이 있었다. 일본에서 5년 동안 회계사로 일한 적 있는 주인은 동아시아인들을 좋아했고, 무엇보다 첫 한국인 손님인 나를 살뜰히 챙겼다. 나는 여행을 하면서도 계속 일을 했는데 한국 시간에 맞춰 원고 작업을 했기 때문에 늘 새벽에 잠들고 이른 오후가 되어서야 일어났다. 주인은 조식 시간을 번번이 놓치는 한국인 손님을 위해 바나나 빵 같은 것들을 1인분씩 미리 빼두었다. 느지막이 일어나 그가 챙겨둔 밀가루 음식을 씹었고, 스리랑카에서 제일 유명하다는 실론티를 마시며 서서히 하루를 시작했다. 홍차는 내 취향이 아니었지만 우유와 설탕을 살짝 타 마시면 전혀 다른 맛이 났다. 첫맛은 쓰지만 끝맛은 달았다. 주인은 내가 머무는 동안 홍차를 조금 더 맛있게 마시는 방법에 대해 알려주었다. 찻잎을 따는 시기와 보관 방법에 따라서도 전혀 다른 맛이 날 수 있음을 나는 그를 통해 처음 알았다.

주인과 매니저는 내가 글 쓰는 것을 업으로 하는 사람임을 알자마자 2층 로비에 테이블을 놓아주었다. 콘센트와 맞붙은 테이블은 일하기에 아주 좋았고 그가 제공한 마우스 패드 덕분에 콘텐츠 작업도 수월하게 할 수 있었다. 나는 글을 쓸 때 누가 쳐다보고 있는 걸 아주 싫어했는데 어쩐지 주인과 매니저만큼은 괜찮았다. 어차피 그들은 한국어를 몰랐다. 두 사람은 자판을 두들길 때마다 척척 생성되는 한글에 무척 관심을 보였다.

"너 타자 속도가 장난이 아니구나!"

나는 한글 자모음 체계가 키보드로 쓰기 편하게 생겨 먹었기 때문이라고 설명했다.

맞다. 자랑이었다.

회계사지만 글 쓰는 것도 좋아하는 주인은 내가 작업을 할 때마다 옆에서 홍차를 마시거나 담배를 피웠다. 그러면서 알아먹지도 못할 것들이 우르르 쓰이고 있는 모니터를 뚫어지게 쳐다보았다. 옆에 누가 있기 때문인지 그러는 동안은 딴짓을 할 수가 없었다. 원고는 빠르게 완성되었고 덕분에 여유 시간도 많아졌다.

역시, 나는 감시하는 인간이 있어야 일을 하는군.

덕분에 누와라엘리야에 있는 동안은 단 한 번도 원고 마감을 미루지 않았다.

주인과 나는 자주 테라스에서 빨래를 널거나 담배를 피웠다. 스리랑카 담배 냄새는 한국 것과 비슷하면서도 조금 시가 같기도 했다. 우리는 서로가 가진 담배를 바꿔 피우거나 뺏어 피우면서 오후 시간을 보냈는데 그는 그 시간을 꽤 좋아하는 것 같았다. 대화 빈도가 잦아질수록 나는 오늘은 어떤 진상 손님이 왔는지, 어느 나라에서 온 인간인지에 대한 정보를 빠르게 습득했다. 그래서 가끔 까다로운 손님이 오면 내가 대신 나서주기도 했다.

주인이 가장 난처해하는 손님은 인도인들이었다. 인도와 스리랑카는 사이가 안 좋았고, 때문에 간혹 질 나쁜 인도 손님들은 랑칸들을 대놓고 무시했다. 돈을 던지거나 부러

시끄럽게 군다거나 말도 안 되는 요구를 하며 트립어드바이저 평점을 깎아버리겠다는 식으로 협박을 하거나. 그럴 때는 내가 대신 나섰다.

"너무 시끄러운데 조금만 조용히 해주시겠어요?
식사 후에는 설거지를 셀프로 하셔야 합니다."

그래도 먹히지 않으면 최후의 방법을 썼다.
"저는 인도가 좋아서 책까지 썼는데 당신들을 보니 모든 인도인이 다 선한 건 아닌가 보네요."

이렇게 나오면 그들은 마음에 안 드는 표정을 지으면서도 결국은 시키는 대로 했다. 내 나라 욕 먹이는 짓은 누구라도 선뜻하기 힘든 일이니까. 그럴 때마다 주인은 조금 떨어진 곳에서 헤헤 웃었다.

지아, 니가 최고야.
응, 나도 알아.
어느새 우리는 눈빛만으로도 대화를 할 수 있었다.

이런 식으로 대신 물리치는 손님은 인도에만 국한되지 않았다. 주방 이모님은 현지어 외에 다른 언어는 전혀 할 줄 몰랐는데 때문에 컴플레인에 자주 시달렸다. 그녀는 휴지, 화장실, 세탁기 같은 기본 단어조차 영어로 알지 못해 손님들에게 자주 혼났다. 그래서 주인이나 매니저가 없을 때 손님과 시비가 붙으면 곧장 내방으로 달려왔다. 쾅쾅쾅 소리가 나 문을 열어보면 어김없이 그녀가 눈물을 그렁그렁 달고 서 있었다. 그녀 대신 서양인들에게 사과를 하거나 물을 가져다주거나 담요나 수건 같은 것을 챙겨주고 고개를 숙이는 건 나였다. 대부분의 손님은 사과에 수긍했지만 몇몇은 욕을 하거나 삿대질을 하기도 했다. 화난 이들은 너무 빨리 말했기 때문에 대부분의 영어 욕을 알아듣지 못했고, 때문에 나는 전혀 상처받지 않았다. 이모는 그런 내 뒤에서 울거나 발을 동동 굴렀다.

몇 번 이런 일이 반복되자 손님들은 내가 직원이라고 생각한 건지 나를 볼 때마다 이것저것을 요청했다.

"뜨거운 물이 안 나오는데요.
테라스에 불이 안 켜져요.
혹시 아이폰 충전기 남는 거 있을까요?"

그들이 요구하는 것들은 대체로 내가 해결해 줄 수 있는 것들이었고 때문에 나는 직원이 아니라는 설명을 굳이 할 필요가 없었다. 주인은 눈코 뜰 새 없이 바빴고 매니저는 서비스 마인드가 장착되지 않은 사람이었기 때문에(필요한 것을 말하면 "여긴 원래 그런 거 없어요."라고 말하는 사람이었다.) 온수기를 켜주고 테라스 전구 위치를 바로잡고 개인용 아이폰 충전기를 건네는 것으로 나는 대부분의 컴플레인을 해결했다.

그러다 보니 "미안합니다, 불편하셨죠, 얼른 고쳐드릴게요."라는 말은 어쩐지 매일 내가 했다. 돌아가는 상황을 파악한 주인은 방값을 알아서 깎아주는 것으로 보답했고, 그러면서 웬만하면 이곳에 오래 묵어주었으면 한다고 말했다. 아무래도 나는 이곳에 도움이 많이 되는 인간인 것 같았다.

그의 바람 때문은 아니지만 결론적으로 나는 누와라엘리야를 조금 늦게 떠나기로 결정했다. 떠날 계획을 세우는 것을 조금 미루는 방식으로 이곳에 남기로 한 것이다. 여기는 덥지도 않고 맛있는 것도 많고 방값도 할인해 주니까. 핑계였다. 사실은 이곳 직원들과 헤어지고 싶지 않았다.
주인과의 담배 타임,
(일은 못 하지만) 불심이 깊고 친절한 매니저,
(영어는 못 하지만) 친딸처럼 챙겨주는 주방 이모.

나는 정에 약하고 늘 이별이 두렵다. 아무리 여행을 지속해도 고쳐지지 않는 일종의 천성 같은 것. 끝을 떠올리는 건 슬펐고, 때문에 홀로될 시간을 감당할 자신이 없음을 일찌감치 알았기 때문에 떠나는 것을 유예하는 것으로 허물어질 뻔한 마음을 지켰다.
떠나지 않기로 결정하자 마음이 한결 편해졌다.

누와라엘리야는 지대가 높기 때문에 기온이 낮고 비가 자주 왔다. 내가 머문 숙소는 비싸고 튼튼했기 때문에 어느 층에서든 안전했지만 누와라엘리야의 모든 가정이 그런 것은 아니었다. 어느 나라나 빈부격차는 있었고 이곳에도 테라스가 달린 좋은 집들 사이로 슬레이트나 지푸라기를 지붕 삼아 덮고 사는 가난한 이웃이 많았다.

그들은 다양한 종류의 고통에 시달렸다.

추위, 악취, 배고픔, 홍수

비가 오면 바닥이 아예 물에 잠기는 몇몇 집들은 장판을 깔지 않은 채 생활했고 비가 그치고 나면 온 가족이 바가지를 들고 물 퍼내는 작업을 했다. 돈이 없는 사람들은 집이라고 부르기도 힘든 수준의 공간에서 생활했는데 어느 날에는 할아버지 혼자 사는 집에 원인 모를 불이 나 뜬금없이 소방 작업에 투입되기도 했다. 그런 집들은 대부분 나무나 합판 같은 걸로 지어졌기 때문에 한 번 불이 나면 옆집으로, 그 옆집으로 순식간에 피해가 번질 수 있다. 사람들은 우르르 몰려나와 바가지와 빈 PT병 같은 것을 들고 연기가 피어오르는 구덩이로 마구 물을 퍼 넣었다. 그러는 동안 온몸이 젖고 발가락 사이사이로 모래가 비집고 들어왔다. 연기는 너무 매웠기 때문에 얼굴에 있는 구멍이란 구멍에서 이물질이 마구 나왔지만 아무도 바가지질을 멈추지 않았다. 누와라엘리야에서 바가지는 물도 불도 수습할 수 있는 유일한 도구처럼 느껴졌다.

내가 나서야 하는 상황은 이런 것 말고도 많았다.

누와라엘리야에는 한국어를 배우고 싶어 하는 스리랑카 인들이 많았다. 그들 대부분은 20대 성인이었는데 하나같이 한국에만 가면 많은 돈을 벌 수 있다고 여겼다.

"한국에 가고 싶어요."
"5년 노력해요. 집을 살 수 있어요."

희망에 찬 눈빛들을 마주할 때마다 내 나라에서 만난 외국인 노동자들을 떠올렸다.

손쉽게 기피 대상으로 분류되던 그들의 얼굴을,

힘들고 어려운 일을 하지만 한국인보다 적은 돈을 받는 그들을,

법의 보호를 덜 받으면서도 목숨 걸고 일해야 하는 환경을.

나는 한국은 너희들이 생각하는 것만큼 그렇게 좋은 곳이 아닐 수도 있다고 말했지만 똑같이 힘들고 어렵게 일할 거면 여기보다 돈을 더 주는 곳에서 일하는 게 맞지 않겠냐는 말에 설득당하고 말았다. 스리랑카에서는 한 달을 꼬박 일해도 30만 원을 벌지만 한국에서는 적어도 200만 원 이상을 번다고. 그러면서 숙소도 있고 밥도 준다고.

"우리 아직 어려요.
한국 가면 돈 많이 벌어요.
돈 벌어서 집도 사고 차도 사요."

이런 마음을 무시할 수 있는 사람은 많지 않을 것이다.

그들이 한국에 가기 위해 가장 먼저 넘어야 할 산은 언어다. 외국인을 대상으로 한국어를 가르쳐본 적 있는 나는 스리랑카에서도 교육 봉사에 참여했다. 한국어 시험은 무지막지한 데가 있기 때문에 모국어 화자로서 자주 한숨을 쉬었다. 출제자는 참새가 '꿀꿀' 우는지 '삐걱' 우는지 '짹짹' 우는지를 문제로 내놓고 배점을 무려 3점으로 책정해놨다. 잘못 삐걱했다간 정말 새될 수 있는 문제들을 만날 때면 나는 단호하게 말했다.

"얘들아. 의성어 의태어 문제는 그냥 찍자."

그거 외울 시간에 다른 유형을 공부하자.
그게 효율적이야.
뭐 저런 선생이 다 있냐는 눈을 하고서도 학생들은 고개를 끄덕였다.

수업은 주로 말하고 듣는 식으로 진행했다. 나는 학생들이 알아듣기 쉽게 천천히 말하되 최대한 한국인이 말하는 한국어처럼 발음하도록 애썼다. 가장 신경 쓴 부분은 줄임말과 사투리 사용을 줄이는 것이다.

페북, 개 피곤, 잠 온다.

학생들은 내가 친구와 통화를 할 때조차 눈과 귀를 열어 두었다. 몇몇은 내가 한 말을 적어두었다가 쉬는 시간에 질문을 했는데, "머리 빠개질 것 같아."라는 문장을 보는 순간 정신이 아찔했다. 오 마이 갓! 문장을 '머리가 아프다'로 정정해 주며 스스로에게 주문을 걸었다. 정신 차리자, 제발.

아는 사람이 늘고 머무는 날이 길어질수록 일상은 바빠졌다. 한국에 있는 절친 L은 그 시골 동네에서 뭐가 그리 바쁘냐고, 푹 쉬러 간 것 아니었냐며 놀렸는데, 나는 L에게 그건 정말 몰라서 하는 소리라고, 하루하루가 스펙타클하고 복잡다단해 죽겠다고 대답하며 웃었다.

하루는 방에 들어온 나방을 잡아 죽이려다 불교 신자인 매니저에게 걸려 혼났고, 어느 날은 학생 집에 초대받았다가 뭔가를 얻어먹고 온몸에 두드러기가 났다. 정전이 이틀째 지속된 날에는 온수기마저 먹통이 되어 이틀 동안 씻지 못했고, 그 일의 연장으로 손님들의 항의를 듣느라 혼이 쏙 빠졌다. 술이나 약에 찌든 몇몇 서양 손님들은 자주 사고를 쳤는데, 어느 날 밤 두 남녀가 도미토리에서 대놓고 그것을 하는 바람에 숙소가 발칵 뒤집힌 적도 있다. 동네 인도 출신 할아버지는 인도가 파키스탄과의 크리켓 결승에서 패하자 분을 이기지 못해 스스로 목숨을 끊었고, 할아버지와 각별했던 주방 이모는 그 일로 무단 결근을 했다. 이모가 없는 동안 나와 주인은 감자와 당근을 깎거나 빵을 굽는 등 모든 조식 준비를 대신했고, 그런 와중에 햄버거를 잘못 사 먹었다가 응급실에도 실려 갔다.

여행이 생활이 되면서 그간 보지 못한 것을 보고 겪지 않아도 될 일을 무럭 겪었다.

스리랑카의 내전과 가난, 인종 갈등과 종교,
돈이 없어서 겪는 차별과
부를 가졌기 때문에 할 수 있는 고민 같은 것.

모든 것을 해결해 줄 수는 없지만 어쨌든 나는 이곳에서 할 수 있는 것이 많았고, 스스로의 쓸모를 인지할 때마다 왠지 잘살고 있는 것 같은 기분이 들었다. 인간 서현지이자 한국에서 온 손님이자 가족이자 선생님이자 친구인 상태로 누와라엘리야에서의 시간은 계속 흘렀고 어느덧 달력을 보니 두 달이 훌쩍 지나가 있었다.

테라스에서 담배를 피우고 있는데 주인이 다가왔다.
180cm가 넘는 그가 의자에 기대앉자 삐걱 소리가 길게 났다. 오래된 나무 의자는 한 번 앉았다 일어설 때마다 이런 소리를 냈다.
"어휴, 이것도 바꿀 때가 됐는데."
나는 그가 두 달 전에도 같은 말을 했다는 걸 떠올리며 잠깐 웃었다. 왠지 이 의자는 내년에도 계속 이 자리에 있을 것만 같았다.

"너랑 담배 피울 날도 얼마 안 남았네."

인도로 돌아갈 날이 다가오고 있었다. 돌아가서 못다 한 남인도 여행을 하고, 남은 칼럼을 쓰고, 그리고 한국행 비행기를 타겠지. 주인은 섭섭한 표정을 대놓고 지었다.

너만큼 오래 머문 사람도 없었는데.
나만큼 시끌벅적한 손님도 없었겠지.

담배를 바꿔 피우며 우리는 서로의 말에 동의했다. 울적한데 자꾸 피식피식 웃음이 터졌다. 나는 며칠 전 누와라엘리야 친구들을 위한 기부 전시회를 열었는데 의도치 않게 신문과 뉴스에 크게 보도되는 바람에 영어로 연설까지 했다. 연설장에는 그도 함께였는데 공동 주최자로 이름이 올라가는 바람에 아마 무척 피곤했을 것이다. 손님을 맞이하고, 영어와 신할리로 통역하고, 방송국 PD와 교육청 관계자들에게 나를 소개하는 모든 일을 하면서. 그래도 미안한 마음보다 고마운 마음이 더 컸기 때문에 나는 "땡큐"라고만 말했다.

내가 더 고맙지, 두 달 동안 니가 커버해 준 진상이 얼마나 많은데.
그 때문에 네가 내 방값을 엄청 깎았지, 살림에 큰 도움이 됐어.

친구인데 그 정도쯤이야.

그의 입에서 'Friend'라는 단어가 나올 때마다 나는 퍽 좋았다.

열일곱 살 많은 친구라.

'그래, 마음 맞으면 다 친구지. 그래 우리는 친구지.'

속으로 생각하며 스리랑카산 담배를 조금씩 조금씩 태웠다.

누와라엘리야를 떠나기 전에 생각했다.

혹시 아쉬운 점이 남았나?

못 가본 곳이 있었나?

인사하지 못한 이가 있던가?

글쎄, 아무리 생각해도 없는 것 같았다.

뭐, 있더라도 상관없을 일이었다.

다시 오면 되는 것 아닐까?

문득 떠오를 때, 친구들이 보고 싶어질 때,

돈과 시간과 마음의 여유가 주어졌을 때.

한 나라에서 두 달이란 시간을 머문 것에 대해 잠깐 후회를 한 적도 있었다. 60일, 아시아를 몽땅 투어하고도 남을 시간. 인스타그램 소개 글에 'XX개국, XXX 지역을 다녀온 여행 작가'라고 조금 더 그럴듯하게 적을 수도 있을 시간. 그 시간과 에너지를 한곳에 몰아넣으며 이게 맞는 선택인가 고민할 때도 물론 있었다.

그런데 인생 전체를 놓고 봤을 때 60일이 대수일까?

고작이라고 표현할 만큼 짧은 시간일 수도 있는 것 아닐까?

나는 파키스탄에 갈 수도, 이집트에 갈 수도,

이스라엘과 몰디브에 갈 수도 있었지만 그러지 않았다.

그럼에도 후회하지 않는다. 그럼 됐지. 아 그럼 됐지.

남은 며칠 동안 만나고 싶은 이들의 이름을 떠올렸다.

많은 이들의 얼굴이 머릿속에 그려졌다 사라졌다.

아무리 생각해도 이 여행은, 너무 잘한 선택인 것 같았다.

여러 이야기를 눌러 담는 동안 많은 얼굴을 떠올렸다.
놓치지 말아야지,
잊지 말아야지 했던 순간들을 생각했다.
조금씩 활자로 옮기는 동안 너무 과장하지도
나를 포장하지도 말자고 다짐했다.
그것들이 잘 실현되었는지는
시간이 조금 더 흐른 뒤에야 알 수 있겠지만,
퇴고를 하는 지금, 다행히 아무런 아쉬움이 없다.
이것만으로도 내 10년간의 여행기는 충분한 것 같다.
한 줄 한 줄 함께 걸어주신 모든 분에게
감사의 인사를 드린다.

문밖의 계절 THE WEATHER OUTSIDE

초판 1쇄 2021년 01월 22일

지은이 서현지
발행인 김재홍
디자인 김다윤, 이근택
교정·교열 박순옥, 전재진

발행처 도서출판지식공감
브랜드 문학공감
등록번호 제2019-000164호
주소 서울특별시 영등포구 경인로82길 3-4 센터플러스 1117호(문래동1가)
전화 02-3141-2700
팩스 02-322-3089
홈페이지 www.bookdaum.com
이메일 bookon@daum.net

가격 13,000원
ISBN 979-11-5622-567-6 03810

문학공감은 도서출판지식공감의 인문교양 단행본 브랜드입니다.